Les folles Aventures D'EULALIE DE POTIMARON

II. LE SERMENT

© Flammarion pour le texte et l'illustration, 2011.
87, quai Panhard et Levassor – 75647 Paris Cedex 13
Dépôt légal : juin 2011.
ISBN : 978-2-0812-4407-8 / N° d'édition : L.01EJEN000497.N001
Loi n° 49-956 du 16 juillet 1949 sur les publications destinées à la jeunesse.

Texte de
ANNE-SOPHIE
SILVESTRE

Illustrations de
AMÉLIE
DUFOUR

Les folles Aventures D'EULALIE DE POTIMARON

II. LE SERMENT

Flammarion

Pour Bidule, Annie et Sophie,
par ordre croissant de taille,
parce que je vous aime.

Résumé

DU TOME PRÉCÉDENT

Eulalie de Potimaron a grandi à la campagne, sous la direction indulgente d'un papa peu attaché aux règles et aux principes.

Au printemps de 1677, Eulalie a douze ans. Elle aime mieux courir la campagne et s'entraîner à l'épée que s'habiller avec élégance ou recevoir des invités avec grâce. Son père et sa tante Annie décident de l'envoyer à Versailles pour y apprendre les belles manières. Eulalie est admise à la Cour du Roi-Soleil comme fille d'honneur de la nièce du Roi, dite *Mademoiselle*.

Las ! dès la première semaine, Eulalie remet en secret ses habits de garçon pour explorer tranquillement Versailles. Elle se prend de querelle avec un jeune garçon inconnu et le provoque en duel.

Ce duel permet à Eulalie d'être admise dans la société secrète des compagnons du Dauphin, qui se réunit à l'insu de tous dans les greniers de Versailles.

Au début de l'été, le Roi autorise *Madame*, sa belle-sœur, et *Mademoiselle*, sa nièce, à se rendre à leur château de Saint-Cloud pour quelques jours de repos.

Les personnages

MAISON DE « MADEMOISELLE » :

– Marie-Louise d'Orléans, 15 ans, nièce du Roi, fille de *Monsieur*, frère du Roi, et de la princesse Henriette d'Angleterre, morte sept ans plus tôt.

– Eulalie, notre héroïne, fille d'honneur de *Mademoiselle*.

– Gaétane de Sainte-Austreberthe, autre fille d'honneur de *Mademoiselle*, compagne de chambre et meilleure amie d'Eulalie.

– Ti-Tancrède, lapin apprivoisé d'Eulalie.

– Madame de Soulencourt, Première dame d'honneur de *Mademoiselle*. S'en méfier : elle rapporte tout au Roi.

MAISON DU GRAND DAUPHIN :

– Louis de France ou *Monseigneur*, 15 ans, fils unique du Roi Louis XIV et de la Reine Marie-Thérèse.

– Ses compagnons, membres de la société secrète : Messieurs de Chalamar, d'Us, de Saint-Aubin et de Lavandin.

– Le duc de Montausier, gouverneur du Dauphin. S'en garder également car lui aussi rapporte au Roi.

1

Le Roi Louis XIV

N'AIMAIT PAS QU'ON LE QUITTE !

Quand Louis XIV chassait quelqu'un loin de lui, il estimait que c'était une dure punition. Et en vérité c'en était une car certains courtisans fragiles sont morts de chagrin pour avoir été exclus de Versailles. Le malheureux perdait sa santé, s'alitait, mourait de tristesse et on le portait en terre ; puis quand la nouvelle de son trépas parvenait à la Cour, elle ne surprenait vraiment personne.

Mais le Roi savait que *Madame*, la femme de son frère, était d'un autre caractère. Il connaissait sa belle-sœur, elle avait été élevée dans la paix, la nature et la sincérité, elle avait vraiment besoin de ces séjours à distance de la Cour. Cela le contrariait, mais il les lui accordait de temps en temps. La permission valait aussi pour sa nièce Marie-Louise au caractère sauvage. Elles revenaient dans de meilleures dispositions, c'est-à-dire plus dociles à ses caprices.

C'est ainsi que moi, Gabrielle-Évangéline-Eulalie de Potimaron, fille d'honneur de Marie-Louise d'Orléans, accompagnée de Gaétane, la plus loyale amie que la terre ait portée, et de Ti-Tancrède, mon lapin blanc tacheté de gris, je participai au vaste chambardement que représenta le déménagement de *Madame* et *Mademoiselle*, de Versailles à Saint-Cloud, aux premiers jours de l'été de 1677.

Chambardement, car même si la distance de Versailles à Saint-Cloud n'est pas très longue, *Madame* et *Mademoiselle*, leurs dames et filles d'honneur, les chambrières, les écuyers et les cuisiniers, la caravane de carrosses, de coches et de chariots à bagages nécessaires pour tout ce monde, eh bien, tout cela prenait de la place et souleva un grand et joyeux nuage de poussière sur la route de Ville-d'Avray.

Dans ces années, Versailles était un immense chantier. Partout, on construisait, on transformait, on agrandissait.
Saint-Cloud aussi était un grand chantier. Sur ce point, notre séjour à la campagne ne nous changeait pas beaucoup.

Quelques années plus tôt, *Monsieur* avait décidé d'embellir sa jolie villa qui se dressait sur la colline surplombant la Seine. L'embellir, c'est-à-dire l'intégrer dans un palais six fois plus grand. On avait ajouté un corps de bâtiment central, deux ailes, une orangerie, une galerie, un escalier monumental... Les murs étaient sortis de terre et une armée de peintres et de décorateurs s'affairait maintenant à embellir les intérieurs.

Le Brun décorait Versailles pour le Roi et Mignard décorait Saint-Cloud pour *Monsieur*. Le Roi et *Monsieur* entouraient chacun son peintre préféré d'autant de soins et de prévenances qu'un cheval de course de grand prix.

Quand l'un des frères avait terminé un appartement ou un salon, il invitait l'autre à venir découvrir ses peintures, ses miroirs et ses plafonds. Le visiteur admirait, louait – et ce qu'il découvrait méritait en général amplement d'être admiré – mais de retour chez lui, il pressait et aiguillonnait ses propres bâtisseurs pour les inciter à faire encore mieux et encore plus vite.

C'était en général le Roi qui copiait *Monsieur*. *Monsieur* avait des idées et de l'imagination, il avait souvent plusieurs pas d'avance sur son frère. Et quand le Roi rentrait à Versailles, à la fois charmé et vexé, d'autant plus vexé qu'il avait été charmé, il commandait qu'on reprenne l'idée de *Monsieur*, mais en plus grand. Et la Cour entière suivait ce duel entre les deux frères qui se matérialisait sous forme de palais et de jardins magnifiques.

Donc à Saint-Cloud comme à Versailles nous vivions parmi les peintres et les maçons, mais cela ne me dérangeait pas. À Versailles, je trouvais même que leur présence nous distrayait de l'atmosphère cérémonieuse de la Cour, et je crois que le Roi pensait la même chose. À Saint-Cloud, ils me gênaient encore moins car nous habitions l'aile du levant, dite l'*Aile de Madame*, et les travaux cette année-là avaient lieu en face, du côté du couchant. Chacun dans sa partie, nous cohabitions avec les menuisiers et les plâtriers sans nous déranger les uns les autres.

Ti-Tancrède fut enchanté de Saint-Cloud. Et moi de même. On nous attribua à Gaétane et moi une vaste chambre au rez-de-chaussée de l'Aile de Madame, tournant le dos à tout l'édifice et s'ouvrant sur une pelouse face à la forêt.

C'était une prairie plutôt qu'une pelouse. Comme elle se trouvait peu en vue, on la fauchait, on ne la nivelait pas à la faucille comme les parterres du devant. Et justement on l'avait fauchée il n'y avait que peu de temps, sans doute quand l'arrivée de *Madame* avait été annoncée, et l'herbe coupée embaumait. J'aime à la folie l'odeur du foin coupé.

Nos deux fenêtres étaient si basses qu'il n'y avait qu'à les enjamber pour nous retrouver dehors. Il va de soi qu'en tant que jeunes filles bien élevées, nous n'étions sûrement pas supposées les enjamber, mais j'avais le pres-

sentiment que personne ici ne se préoccuperait souvent de l'usage que nous ferions de nos fenêtres.

– Quelle merveille ! m'écriai-je en découvrant cette chambre, cette herbe et cette forêt si proche qu'on pouvait entendre depuis nos lits le chant des oiseaux.

– Tu n'es pas devenue une vraie Versaillaise, observa Gaétane, tu n'as pas remarqué les nombreuses raisons pour lesquelles tu devrais être mécontente qu'on t'ait donné cette chambre-là.

– Je devrais être fâchée ?

– Oui.

– Et pourquoi ?

– Nous sommes du mauvais côté : les appartements de *Madame* et de *Mademoiselle* regardent vers la cour d'honneur.

– Celui de Mme de Soulencourt aussi, j'imagine.

– Cela va sans dire. Et nous nous trouvons tout au bout de l'aile. Nous sommes les plus éloignées de l'appartement de Marie-Louise, ce qui nous apprend, au cas où nous aurions encore eu des doutes à ce sujet, que parmi les personnes de sa suite c'est nous qui avons le moins d'importance.

– Bah, c'est normal, nous sommes les plus jeunes… Parce que toi, tu te sens déçue, vexée, je ne sais pas… ?

– Pas du tout. J'essaie seulement de faire ton éducation de jeune fille de Cour, mais je crois qu'il me faudra encore bien du travail.

Je me jetai en arrière sur mon lit pour en expérimenter les qualités rebondissantes.

– Eh bien, dis-je, cornes du plus cornu des démons cornus ! Je bénis ces sottises qui nous placent tout en bas de l'échelle de l'importance, grâce à quoi nous avons cette chambre fabuleuse à mille lieues du regard de Soulencourt.

– Je crois que je pense la même chose, dit Gaétane en soumettant son lit à la même épreuve, qui se révéla satisfaisante car les matelas étaient neufs et moelleux.

– Qu'avons-nous à faire ce soir ?

– Rien. Quartier libre. Tu le saurais si tu avais écouté Mme de Soulencourt : « Mesdemoiselles, Mademoiselle d'Orléans souhaite se reposer du voyage, elle soupera seule dans ses appartements, elle n'a donc pas besoin de vous. Je vous engage à profiter utilement de cette soirée pour défaire proprement vos bagages et ranger avec soin vos vêtements. »

– « Utile, soin, propre »… j'adore son esprit toujours primesautier… Mais c'est parfait, j'avais justement besoin d'un peu de temps aujourd'hui.

– Que veux-tu faire ? T'entraîner à l'épée ?

– Non, construire un enclos pour Ti-Tancrède devant la fenêtre pour qu'il puisse profiter de cette belle herbe dès ce soir.

Je sais tresser des claies, c'est l'un des nombreux talents que j'ai eu le temps de développer quand je me trouvais chez moi à Potimaron. La forêt toute proche ne manquait pas de branches vertes et souples, la cabane d'un jardinier me fournit une serpe ainsi qu'une masse pour planter mes piquets. Et, au risque de m'écorcher les mains – ce qui aurait sans nul doute fait pousser les hauts cris à Soulencourt (« Je me demande parfois, mademoiselle de Potimaron, si vous jouissez de tout votre bon sens !... ») mais m'était plus égal que ma dernière chemise à repriser – j'avais terminé avant le coucher du soleil un petit parc entouré d'une barrière assez solide pour préserver mon lapin des renards et l'empêcher d'aller se perdre vers la forêt.

Un assez joli travail ; un espace presque carré, pas trop de travers, d'un pas et demi de côté, que je m'attardais à contempler.

– Je t'en ferai un plus grand les jours prochains, promis-je à mon lapin blanc.

Ti-Tancrède explora son nouveau domaine, goûta l'herbe avec intérêt mais sans excès. Il faut dire que Ti-Tancrède est désormais un lapin de la Cour du Roi-Soleil, faisant son ordinaire d'avoine de la plus belle qualité dérobée aux chevaux de la Grande Écurie, et de feuilles de choux, d'épinards, de persil, menthe, thym, sauge, ciboules et basilic, larronnés par moi-même dans le Potager du Roi.

Toutefois, mon lapin royal entreprit sans tarder de se creuser un terrier au milieu de sa propriété, la tête enfoncée dans le trou que ses pattes avant creusaient avec vélocité. J'en fus heureuse pour lui. Je me doutais que cette activité lui manquait depuis que nous étions à Versailles.

Le côté merveilleux du séjour à Saint-Cloud m'apparaissait dès ce premier soir : il n'y avait pas d'étiquette ! Pas de repas réglés, pas de ces programmes établis qui faisaient ressembler Versailles à la scène d'un immense ballet dont nous étions tous les figurants… Au demeurant, c'était assez logique, *Madame* et *Mademoiselle* fuyaient l'entourage du Roi précisément pour se reposer des contraintes de l'étiquette, ce n'était pas pour s'en recréer une à peine arrivées sur leur lieu de vacances.

2

Coucou !

Dès la première journée, je compris que nous disposerions à Saint-Cloud de plus de temps libre qu'à Versailles car, justement, notre princesse avait l'intention d'en garder beaucoup pour elle. Marie-Louise d'Orléans aimait la solitude, la paix, le silence. Gaétane et moi l'appelions parfois « notre rêveuse »… Mais elle était la nièce du Roi, et cette parenté suffisait à lui interdire cette tranquillité qu'elle aimait.

Hors de ses appartements, elle n'avait pas le droit d'être seule. À Versailles, par exemple, elle ne pouvait pas faire une promenade sur les terrasses ou une courte marche dans le parc sans être accompagnée par une dame adulte. Une fille d'honneur comme nous aurait pu convenir, mais on nous accordait assez peu de confiance ; à juste titre du reste car nous aurions presque toutes été capables de mentir pour cacher une brève escapade de notre princesse.

Si je dis « presque », c'est qu'il y avait des rapporteuses parmi nous, mais je parlerai de cela plus tard.

Mme de Soulencourt, Première dame d'honneur de *Mademoiselle* et dénonciatrice en chef auprès du Roi Louis XIV, veillait à la bonne exécution de ces commandements. On y mettait tout le respect possible, tous les « Votre Altesse… », tous les « Votre Altesse désire-t-elle son ombrelle ? » mais, où que Marie-Louise se rende, elle était accompagnée.

– Et pourquoi cela ? m'interrogeai-je un jour.

– Eh bien, elle est la première princesse du sang, expliqua Gaétane. Les trois filles que le Roi et la Reine ont eues sont mortes toutes petites. *Mademoiselle* est la seule princesse française en âge d'être mariée.

– Et alors ?

– Et alors une princesse de ce rang ne peut épouser qu'un roi ou un prince régnant.

– Eh bien donc ?

– Eh bien donc, eh bien donc… Ces usages, c'est parce que… On ne voudrait pas que les gens puissent croire… Oh ! et puis, voilà : il s'agit de garantir au futur époux et à la belle-famille que la jeune femme qu'ils reçoivent chez eux est…, comment dire ?… Pure comme la Sainte

Vierge ! Comme elle va avoir pour mission de transmettre le sang royal, ils considèrent tous que c'est de la plus haute importance.

Le rouge cramoisi me monta aux joues.

Je me sentis atrocement gênée par cette révélation. Cornebleu, que ces histoires me blessaient ! Moi qui n'aimais que l'amour courtois et la tradition chevaleresque… Et dire que je n'avais pas compris cela… Je songeai au temps où je vivais avec mon père à Potimaron. Pourvu que je sois rentrée à l'heure des repas et que je dise à peu près où j'allais, mon père ne m'empêchait jamais de vagabonder pendant mon temps libre.

Cornes du diable, tout cela était sinistre !… Je proposai :

– Tu n'as pas envie de te changer les idées ? Je voudrais voir à quoi ressemble cette forêt qui nous tend les bras… Elle m'attire comme Ulysse le chant des sirènes.

– Et Soulencourt ?

– C'est l'heure de sa collation et de sa sieste, il n'y a presque aucune raison qu'elle nous cherche dans les deux heures qui viennent.

– Et si elle nous demande quand même ?

– On trouvera une bonne excuse, tiens : nous étions à la recherche d'une lingère pour m'aider à recoudre le bas de ma robe de Cour dont j'ai déchiré la dentelle en marchant dessus.

– C'est vrai ?

— Non, mais elle prendra le temps de remarquer que je n'en fais jamais d'autres et cette satisfaction lui fera négliger d'enquêter plus avant.

Quand on sortait des allées, la forêt de Saint-Cloud était une vraie forêt et non un parc. Une forêt de toujours. Une forêt sans âge, une forêt ayant son temps à elle fait de milliers et de milliers de saisons. Les arbres, les mousses et les fougères organisaient leurs vies selon leurs amours, leurs sympathies et leurs guerres silencieuses pour la conquête de l'espace et de la lumière, sans que jamais la main du forestier ne s'en mêle.

J'imaginai que des elfes et des lutins avaient peut-être couru sur cette mousse. Des druides et de jeunes prêtresses avaient marché sous ces arbres et célébré l'arrivée de l'été ou la lune entière ronde dans le ciel. Le temps d'une nuit, un jeune guerrier s'était métamorphosé en cerf par amour. Une chrétienne des premiers temps s'était cachée ici…

Le château tout neuf avec ses dorures et ses statues me semblait soudain très loin. Même Versailles, la Cour et l'étiquette, ce grand ballet qui avait tant d'importance pour les gens qui y prenaient part, m'apparaissaient soudain prisonniers d'un étroit morceau de temps. Un jour, peut-être, comme le petit théâtre mécanique que ma tante Annie m'avait donné quand j'étais enfant, la boîte à musique s'arrêterait parce que plus personne ne l'aurait remontée et les petits danseurs s'immobiliseraient.

Que se passerait-il si les ouvriers et les jardiniers qui travaillaient à la construction et l'entretien du château de Saint-Cloud s'en allaient ? Ceux qui élevaient les murs, taillaient les haies et les arbres, coupaient l'herbe des boulingrins [1], repoussaient chaque jour la nature... ? La forêt regagnerait alors l'espace qu'on lui avait pris, l'herbe monterait aussi haut qu'une personne, les arbres perceraient les planchers et pousseraient dans les pièces, les ronces recouvriraient ce qui resterait des murs, les statues disparaîtraient sous le lierre...

Je demandai soudain :

– Si le château était abandonné à lui-même, combien de temps faudrait-il pour que la forêt le recouvre ?

Gaétane parut éberluée :

– Quelle drôle d'idée ! Il est tout neuf... Tu as de curieuses imaginations, parfois.

– Mon père et ma tante disent la même chose, remarquai-je.

– N'empêche, on pourrait composer une jolie pièce de musique sur ton histoire... Une allemande, ou une gigue... Non, une allemande plutôt ! un peu plus lente... Je vois cela, écoute : première partie, à quatre temps, la forêt sauvage, le chant des oiseaux... Deuxièmement, tonalité majeure, la construction du château, la danse des dames et des seigneurs... Et enfin, l'abandon du château,

---

1. Parterre de gazon.

la forêt recouvre les ruines. Fin du morceau : le chant du coucou qui reste seul maître des lieux…

Gaétane se mit à fredonner :

– *Coucou ! coucou !... do dièse la dièse, do dièse la dièse ;* et puis, la trille du coucou, en croches : *la la dièse la dièse la la dièse do la ;* enfin, plus lentement, pour conclure : *do la, do la, do dièse la dièse…*

– Ce sera magnifique. Euh, tu pourras indiquer sur la partition que j'ai fourni l'idée ?

– Je n'y manquerai pas. Nous deviendrons célèbres ensemble.

Les minces sentiers de la forêt ne vont jamais droit ; ceux par où passent les animaux, les braconniers et les herboristes, car ils contournent les ravines et les zones humides où le pied s'enfonce jusqu'au haut de la cheville. Les routes droites, les grandes allées, c'est l'invention de l'homme pressé. Elles sont destinées aux voitures, aux grandes chasses, aux réunions de cavaliers.

Trois grandes allées coupaient la forêt de Saint-Cloud de façon rectiligne, l'une vers les Étangs dans la direction de Versailles, l'autre vers Paris, et la troisième vers Sèvres et la boucle de la Seine, mais le reste de la forêt était laissé en paix. *Monsieur* n'aimait pas la chasse.

Nos moments de liberté passaient vite dans ce sous-bois où nous nous étions délicieusement égarées, à dessein beaucoup plus que par accident. Soulencourt allait peut-être reparaître et renouer avec ses responsabilités, il était temps pour nous d'en faire autant.

– Où est le château ? demandai-je.

– Par ici, en gardant le soleil dans le dos et en suivant la pente, fit Gaétane qui savait trouver son chemin dans les bois, ayant exploré les forêts de Sainte-Austreberthe autant que moi celles de Potimaron.

Elle avait raison car c'est dans cette direction que nous avons trouvé un signe témoignant de la présence des hommes et de leurs œuvres. La trace que nous suivions menait à une petite clairière où le soleil soudain éblouissait quand on sortait de l'ombre bleue des bois. On avait coupé là quelques arbres et ménagé un espace afin d'y creuser un bassin. Un bassin en rectangle de trois pas sur quatre, pavé et bordé de pierre blanche, empli d'une belle eau claire. De toute évidence il était entretenu car il ne s'y trouvait pas de feuilles mortes, ni de cresson, ni aucune plante de rivière ; et un sentier plus souvent foulé que les autres s'éloignait vers le château.

– Ce doit être un réservoir pour alimenter les fontaines en haut du parc, dit Gaétane. Les fontainiers récupèrent ici l'eau des sources. C'est sans doute pour cela que cette eau est si limpide, on le nettoie régulièrement afin que les feuilles et les herbes n'encombrent pas les conduits... Cela me donne une idée, ajouta-t-elle en s'asseyant sur l'herbe pour délacer ses chaussures.

En un instant, elle eut aussi ôté ses bas et relevé jusqu'en haut de ses jambes sa jupe et son jupon, qu'elle tint roulés en boule contre sa hanche comme une blanchisseuse porte un paquet de linge. J'observai :

– Tu avais dit qu'il fallait rentrer.

– J'ai dit cela ?... Tant pis, nous serons en retard, j'en ai trop envie ! Cette eau est trop belle, aussi...

Elle descendit dans l'eau qui lui arrivait jusqu'à la moitié des cuisses et poussa une sorte de gémissement de bien-être :

– Ooohhh... ! Elle est fraîche, elle est presque glacée... C'est délicieux... Mais viens donc !

Ce n'était pas la peine de me le dire, car en la voyant faire, j'avais déjà commencé à dénouer mes rubans de chaussures. Je me débarrassai de mes bas et, ramassant comme elle mes jupes en paquet, je m'écriai :

– Gare !

Au lieu de me laisser glisser comme elle dans l'eau avec précaution, je pris mon élan et sautai au milieu du bassin en produisant un jaillissement d'eau qui éclaboussa jusqu'à trois pieds des berges. Gaétane demeura un instant stupéfaite, puis éclata de rire, ses cheveux mouillés lui coulant sur le visage. Elle s'interrompit soudain, son expression se fit froide et mécontente :

– Mademoiselle de Potimaron, fit-elle en imitant la voix nette de notre Première dame d'honneur, y a-t-il une seule sottise au monde à laquelle vous ne vous sentiez pas obligée de vous livrer dès qu'elle se présente ?

Et debout dans l'eau, ruisselante au milieu de sa fontaine, elle laissa fuser un long rire, musical, cristallin, incontrôlable, qui me gagna aussi.

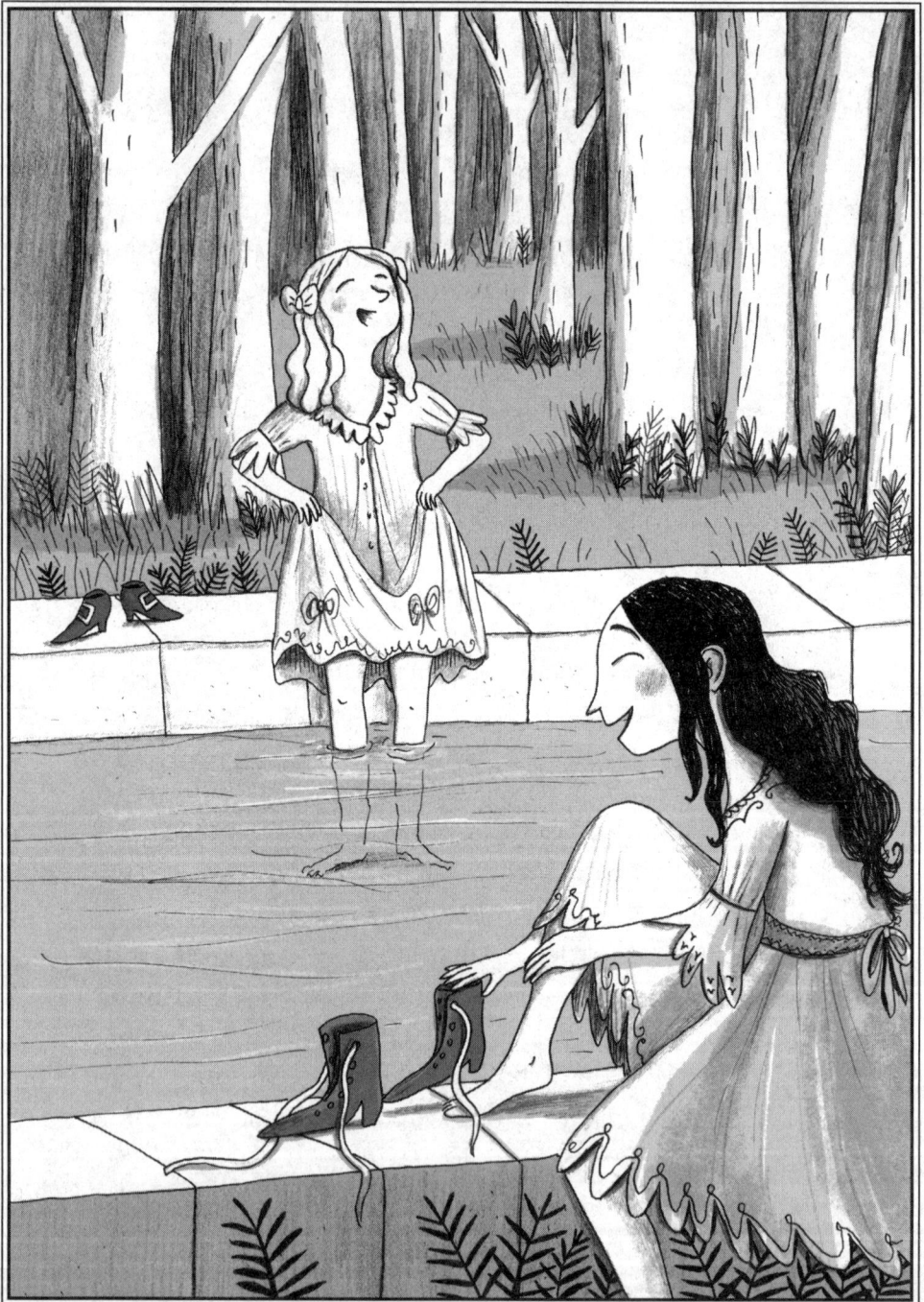

– Et maintenant ? continua-t-elle en tentant de reprendre sa respiration, nous allons expliquer que c'est en reprisant tes dentelles que nous nous sommes trempées ?

– À présent que tu en parles, peut-être en effet que cela n'est plus à propos… Mais aussi, qui a eu l'idée de se baigner dans ce bassin ?

– Qui a eu l'idée géniale de sauter comme une bombe ?

– C'était trop tentant, mais rentrons maintenant. En passant par nos fenêtres, si nous ne traînons pas trop, nous avons encore une chance de n'être vues de personne et de pouvoir changer de robe sans nous faire remarquer.

– Et sinon ? Quel mensonge allons-nous prodiguer ?

– Nous admirions la grande cascade…

– En bas du parc, bonne idée !… Que personne n'ait l'idée de venir nous chercher par ici un autre jour.

– Les fontainiers réglaient les jets d'eau en l'honneur de l'arrivée de *Madame* et de *Mademoiselle*, un jet par accident est parti sur le côté, et voilà, madame la Première dame d'honneur, comment la mésaventure est arrivée…

Le prétexte était en or, Saint-Cloud s'y prêtait à merveille : *Monsieur* adorait les grandes eaux.

3

Qui?

Cette ingénieuse trouvaille ne servit à rien car le château ronronnait sous le soleil comme un gros chat endormi et personne ne se soucia de notre retour.

Nous étions attendues à cinq heures chez Marie-Louise, ainsi que toutes nos compagnes filles d'honneur. Mme de Soulencourt ne voulait tout de même pas trop laisser sa volière aller à vau-l'eau. Si l'on accorde trop de liberté à ces têtes folles, Dieu seul sait où cela peut nous mener, devait-elle songer.

Nous eûmes le temps de faire une toilette propre. La robe de Cour n'était pas nécessaire ici pour une journée ordinaire, une robe à l'anglaise sans corset ni baleine sur un simple jupon suffisait pourvu qu'elle soit fraîche et jolie ; c'était encore l'une des choses agréables du séjour à Saint-Cloud. *Madame* finissait ici d'user ses vieilles robes de chasse et proclamait qu'elle s'en trouvait à merveille.

Marie-Louise avait bonne mine, elle était gaie, prête à rire de tout, et j'en fus heureuse pour elle. Ma princesse rêveuse qui était souvent pâle avait les joues plus roses que de coutume. Monseigneur le Dauphin, fidèle à sa promesse, avait fait annoncer sa visite pour le lendemain. Ce devait être l'une des meilleures raisons de ce joli teint rose.

Toutes les filles d'honneur de *Mademoiselle* se trouvaient là, et de celles-ci, il convient maintenant que je parle.

Nous étions huit en nous comptant, Gaétane et moi. Je vais nous décrire par ordre d'importance. L'*Importance*, je l'avais bien compris, c'était la raison de vivre des gens de Versailles.

Chez les adultes, ce qui créait l'importance, c'était la richesse, les fonctions prestigieuses, et par-dessus tout la faveur, c'est-à-dire l'attention que le Roi portait à votre existence. Voilà pourquoi les courtisans se bousculaient pour assister au lever du Roi, au dîner du Roi, ou pour se trouver sur le chemin du Roi où qu'il se rende, guettant avec anxiété un regard, un signe de tête, n'importe quoi, une petite parole, un battement de cils du Soleil.

Parmi nous l'*Importance* dépendait de l'âge, de l'ancienneté dans le corps des filles d'honneur, de l'amitié de Marie-Louise, notre soleillette à nous, et de celle de *Madame* qui avait l'autorité sur notre maison.

Mlles de Tourly et de Bernouville avaient dix-sept et dix-huit ans, elles étaient les plus *importantes* d'entre nous ; c'étaient toujours elles qui accompagnaient Marie-Louise dans les grandes circonstances, l'étiquette le voulait ainsi. On parlait pour elles de mariage. Elles nous quitteraient bientôt, comme une demoiselle de je-ne-sais-plus-quoi, quelques mois auparavant, aux épousailles de laquelle j'avais dû ma place ici. Je les aimais bien. Elles me trouvaient bien gamine avec mes plaisanteries, mais elles ne dédaignaient pas de s'y joindre parfois. Et la façon dont je faisais tourner Soulencourt en bourrique les réjouissait. Oh ! discrètement. Il m'arrivait de songer que quand elles seraient mariées, elles auraient un « rang à tenir » et que c'en serait fini pour elles des merveilleux fous rires absurdes et irrépressibles.

Après elles venait Mlle de La Lande, aux jolis yeux transparents, aimant je crois Marie-Louise au point de tout sacrifier pour elle. Une partie de sa famille était protestante. C'était une situation difficile à Versailles dans cette époque où le Roi avait décidé de convertir le royaume tout entier. Cette famille têtue aurait pu lui faire perdre sa place, mais elle était appréciée de Marie-Louise, et de *Madame* qui était elle-même une ancienne protes-

tante, et aussi de Soulencourt, désarmée par tant de gentillesse.

Ensuite, il y avait les cousines de Cuy, semblables comme des jumelles, sournoises, exemplaires, toujours irréprochables. Elles ne m'aimaient guère et je le leur rendais avec équité.

Puis Mlle de Villers-Vermont, quatorze ans, drôle, ahurie et lâchant sans même s'en rendre compte des énormités à faire tomber Soulencourt assise par terre.

Et arrivait Gaétane la musicienne. Ma musicienne à moi. Descendante d'une lignée de guerriers de légende dévoués au service des rois de France depuis les premiers Capétiens. Pour un peu, Gaétane se serait promenée à Versailles avec une épée à deux mains et une cape de chevalier que cela n'aurait surpris personne.

Enfin il y avait moi, la dernière arrivée, le mouton noir [1] de Mme de Soulencourt. Je n'avais rien pour avoir de l'importance. Ma famille était quasi inconnue à Versailles car mon père préférait contempler les couchers de soleil sur les collines de Potimaron plutôt que faire la queue au souper ou à la promenade du Roi.

Et voilà, c'était au milieu de ces personnes que j'étais censée développer cette mirifique éducation qui devait faire de moi – selon ma tante Annie qui ne doutait jamais de rien quand il s'agissait de moi, sa nièce unique et

---

1. Le « mouton noir » désigne un membre perturbateur et atypique à l'intérieur d'un groupe.

préférée – la perle des personnes accomplies, délicates et spirituelles. J'en acceptais volontiers l'augure.

Donc, parmi nous, les filles d'honneur, il y avait, je l'ai dit, une traîtresse. Ou plusieurs. Et de cela j'étais sûre.

Il arrivait trop souvent que Soulencourt soit au courant de paroles ou d'événements qu'elle n'aurait pas dû connaître. En général, il ne s'agissait de rien de bien sérieux : des taquineries ou des plaisanteries faites en son absence. Rien de grave, donc, mais le lendemain, immanquablement, Soulencourt savait. Et elle nous sermonnait : « Mesdemoiselles, vous feriez mieux de tenir vos langues ! », sans jamais préciser comment elle avait été informée.

Ce que nous pouvions traduire par : « J'ai des yeux et des oreilles partout, n'espérez pas vous cacher de moi. »

Ce à quoi je répondais mentalement : « Tu n'as pas des yeux et des oreilles *partout*, tu as les tiens plus ceux de tes indicateurs et, si l'on est prudent et pas trop naïf, on peut se cacher de plusieurs paires d'yeux et d'oreilles, et compte sur moi pour cela. »

Qui rapportait à Soulencourt ?

En tout cas, pas moi.

À moins d'être somnambule, mais ç'aurait été une découverte.

Pas Gaétane. Dans mon esprit, la question ne se posait même pas.

Pas Marie-Louise, pourquoi aurait-elle fait cela ?

Mais chez les six autres, tout était possible. Moucharder des peccadilles à Soulencourt aurait pu ne pas être très grave, si elle-même n'avait pas tout reraconté ensuite au Roi. Et le Roi… Comment dire ?… Nous ne le connaissions que très peu, mais il était intimidant d'une façon écrasante. Déplaire à Louis XIV, à Versailles, il ne pouvait rien arriver de plus redoutable. Et nous avions avec nous Mlle de La lande et sa famille protestante… Une calomnie, et la pauvre La Lande disparaissait de la Cour, soufflée au loin comme un brin de foin sec.

Mais ce n'était pas tout.

Il y avait aussi le grand secret de Marie-Louise.

Mademoiselle et son cousin le Dauphin s'aimaient en secret. Et le Roi malgré toute son armée de fouineurs, rapporteurs, mouches, mouchards et moutons [1] l'ignorait. Oui, Louis et Marie-Louise se conduisaient avec tant de maîtrise d'eux-mêmes qu'ils avaient jusqu'à ce jour déjoué tous les espions attachés à leurs basques.

Moi, je le savais. Voyant le Dauphin presque chaque jour à l'heure des réunions de la société secrète, j'étais leur principale messagère. Je transportais leurs lettres et j'indiquais à Marie-Louise la date et le lieu de leur prochaine rencontre. Gaétane savait aussi car elle avait pratiqué avec moi l'échange du sang et nous n'avions rien de caché l'une pour l'autre. Mais Gaétane, âme noble exempt de bas-

---

1. Dans ce contexte, le « mouton » désigne un espion, un membre du groupe secrètement chargé de surveiller les autres.

sesse, aurait tout subi plutôt que de livrer à quiconque le secret de sa princesse.

Soulencourt ne savait pas. C'était une chose presque certaine. Si elle avait su, le Roi aussi l'aurait su et, inéluctablement, les conséquences seraient déjà là : surveillance renforcée des amoureux, sermon du Roi, sermons de *Monsieur* et de *Madame*, et impossibilité désormais pour Louis et Marie-Louise de se rencontrer. Le Roi entendait tout contrôler et n'aimait pas les actes d'indépendance. Le mariage du futur roi de France et celui de la première princesse du sang n'étaient pas des histoires d'amour mais des affaires politiques. Et toute décision à ce sujet ne concernait que lui.

Chez le Dauphin, seuls les membres de la société secrète, MM. de Chalamar, d'Us, de Saint-Aubin et de Lavandin, étaient au courant, et ils seraient morts sur place plutôt que d'en parler.

C'était à cause de cet amour secret que ces mouchardages au sein de la maison de Marie-Louise m'inquiétaient tant.

Qui, chez nous, rapportait à Soulencourt ?

Toutes auraient eu des avantages à renseigner le Roi aux dépens de *Mademoiselle*. Le Roi était tout-puissant, n'oubliait pas les services rendus et savait les récompenser. *Mademoiselle* était seule, orpheline de mère et sans une miette de pouvoir.

Tourly et Bernouville pouvaient obtenir de meilleurs mariages. La Lande pouvait se faire pardonner son indésirable famille. Cette joyeuse fofolle de Villers-Vermont n'avait que de bons sentiments, mais la manipuler était facile comme bonjour et lui faire raconter ce qu'elle savait ne devait pas prendre vingt secondes. En fait, c'était aux Cui-cuis que je trouvais le moins de mobiles pour trahir… En fait, si ! elles pouvaient y gagner un plus bel avenir à la Cour, tout simplement.

Avant notre départ pour Saint-Cloud, je m'étais ouverte de mes craintes au Dauphin. C'était un problème qu'il connaissait bien, sa maison à lui était aussi farcie d'espions qu'une dinde de Noël l'est de marrons, le premier d'entre eux n'étant rien de moins que son gouverneur le duc de Montausier. Il me donna ce conseil :

– Tant que vous n'avez pas la certitude du contraire, considérez que chacune peut être une dénonciatrice.

– Je ne puis donc être amie avec aucune, Monseigneur ?

– Mais si, pourquoi non ? Soyez serviable, bonne camarade, amusez-vous, mais ne dites jamais rien qui puisse avoir des conséquences pour vous ou Mademoiselle d'Orléans en présence de quelqu'un dont vous n'êtes pas sûre.

– C'est presque tout le monde, cela, Monseigneur.

– En effet.

– Quand vous identifiez un dénonciateur, Monseigneur, vous vous arrangez pour qu'il quitte votre maison ?

– Pas toujours. Si c'est un naïf, il peut devenir utile. Je lui témoigne de la confiance, puis je me sers de lui pour transmettre des informations rassurantes à M. de Montausier qui, ainsi, est bien content en croyant que tout va comme il souhaite. Mais il y a aussi ceux que j'appelle « les moutons de haut vol » ; ils sont là depuis longtemps, je sais qu'ils dénoncent, ils savent que je le sais, il faut vivre avec eux et les déjouer au jour le jour.

– Ce n'est pas une vie facile, Monseigneur.

– Être le Dauphin n'est pas une vie facile, Eulalie.

Au demeurant, je songeais que Soulencourt avait tort de nous laisser savoir qu'elle était au courant de ce qui se disait parmi nous. Elle ne pouvait pas mieux nous inciter à nous tenir sur nos gardes. C'était même étonnant de la part d'une personne plutôt perspicace… Il aurait été beaucoup plus avantageux pour elle de garder ses secrets. La vanité de montrer que rien ne lui échappait était sans doute la plus forte. Ou bien, elle croyait aux vertus de l'intimidation mais, à mon avis, stratégiquement, c'était une erreur.

4

« *La Reine*

DES CUISINES »

Louis tint sa promesse, il vint rendre visite à sa tante, *Madame*, le surlendemain de notre installation. Bien sûr, une première visite du Grand Dauphin, c'était un peu solennel. Il arriva en carrosse, accompagné de six écuyers dont trois suivaient à cheval. Parmi eux, il y avait mes quatre amis de la société secrète. Je fus heureuse de les voir ; la société secrète, aussi agréable que soit le séjour à Saint-Cloud, c'était ce qui me manquait le plus ici. Et l'inévitable duc de Montausier, monsieur le mouton en chef, accompagné de deux écuyers et d'un page suivait dans un second carrosse.

Il y eut une réception officielle dans le grand salon de l'Aile de Madame. Nous avions ressorti nos robes de Cour, mais d'une élégance plus simple qu'à Versailles. L'étiquette autorisait un peu de bonhomie quand on se trouvait dans un lieu de villégiature. Tout le monde était là, les maisons de *Madame* et de *Mademoiselle* au complet, le Dauphin et son escorte, il ne manquait que *Monsieur* qui se trouvait à l'armée des Flandres.

Le Dauphin et sa suite étaient invités à dîner. *Madame* avait fait disposer des tables dans le grand salon et elle avait pris plaisir à composer elle-même le menu.

– Mon neveu, annonça-t-elle, je vais vous faire découvrir les plaisirs de la cuisine allemande.

Elle marchait avec une canne et boitait encore des suites de son entorse, mais elle aussi semblait se porter de mieux en mieux depuis qu'elle se trouvait à Saint-Cloud.

– Vous piquez ma curiosité, ma chère tante, répondit Louis.

Contrairement à Versailles où les repas étaient servis par une foule d'officiers de bouche, de sommeliers et de grands et petits échansons, *Madame* avait fait disposer à l'avance sur les tables une profusion de plats afin de simplifier l'organisation du dîner. « Ces gens sont fort serviables, disait-elle, mais ils nous gâtent le plaisir de la conversation… »

Le spectacle réjouissait la vue. Il y avait là toutes sortes de mets rappelant le Palatinat [1] cher au cœur de *Madame*.

---

1. Madame était la fille du comte palatin du Rhin, d'où son surnom de « Madame Palatine ». Le Palatinat était un État de l'ouest de l'Allemagne s'étendant jusqu'à l'Alsace.

Les cuisiniers de *Monsieur* étaient aussi bons que ceux de Versailles et s'étaient donné depuis l'aube toutes les peines du monde pour recevoir le Grand Dauphin.

Il y avait des saumons d'un rose tendre pochés à feu doux dans du bouillon aux herbes, des harengs roulés au vinaigre et au sucre, des brochets de la Moselle servis dans une épaisse sauce jaune pâle. Des plats creux étaient emplis de crème fouettée au raifort, de cornichons marinés, de chou rouge râpé au vinaigre, d'oignons grelots, de champignons à la muscade, de pains de toutes sortes, blancs et noirs, au seigle, aux noix et au cumin... Il y avait aussi les viandes, des rôtis de bœuf garnis de crêpes aux airelles, et deux jambons entiers aux épices et aux girolles lentement cuits dans de grands fours... Une autre table était réservée aux desserts, des tartes aux prunes, des crèmes montées en bavaroise, des confitures de fraises et de framboises. Et à côté des vins, des carafes de bière dorée trônaient, la boisson favorite de *Madame* qu'on ne servait jamais à Versailles car la gastronomie française avait décrété que la bière était « mauvais genre ».

– Grand Dieu, ma tante, admira Louis, que tout cela paraît bon !

– En plus de votre présence, dit *Madame*, il s'ajoute un plaisir autre pour moi, Louis. J'éprouve une émotion qui n'est pas seulement due à la gourmandise quand je retrouve le goût si fort lié à mon enfance de la sauce au raifort ou des choux rouges marinés à la manière allemande.

– Je peux comprendre cela, ma tante. Ma chère mère ressent la même impression quand on lui sert des oranges ou le chocolat à la cannelle qu'elle buvait en Espagne.

– Votre mère est la meilleure personne de cette Cour, Louis. Mais ne nous laissons pas aller à la nostalgie ; la vie impose parfois des sacrifices, nous le savons et nous l'acceptons. Profitons de votre visite pour nous réjouir et passons à table.

Une grande table réunissait les personnes royales et les personnes d'importance, dont Mme de Soulencourt et le duc de Montausier. Deux tables annexes se trouvaient de part et d'autre, séparées par toute la largeur du salon, l'une pour les pages et les écuyers, l'autre pour les filles d'honneur.

De l'autre côté de la pièce, j'avais Marc de Lavandin vis-à-vis de moi. Pendant qu'il s'asseyait, Lavandin me regarda et rapidement se désigna lui-même du doigt. Bien reçu : il avait un message à me transmettre. La meilleure occasion pour échanger quelques mots se présenterait à la fin du repas, quand tout le monde quitterait la pièce. Je lui adressai un geste de la tête pour indiquer que j'avais compris.

Le repas fut charmant. Je pus voir que Marie-Louise s'autorisait plusieurs fois à sourire et bavarder avec Louis, ce dont elle se gardait toujours à Versailles. Ici, à Saint-Cloud, elle semblait savoir d'instinct jusqu'où elle

pouvait aller. Le duc de Montausier qui buvait bière sur bière – je ne savais pas si c'était pour complaire à *Madame*, ou tout simplement parce qu'il aimait cela – proposa que nous levions tous nos verres en l'honneur de la cuisine allemande et que nous la sacrions « la Reine des cuisines » !… Ce que nous fîmes avec enthousiasme.

Le duc à la fin du repas était fort gai et avait le teint un peu rouge, mais j'admirais son aisance pour égayer la compagnie et faire plaisir à *Madame*. De plus, par sa franche bonne humeur, il attirait l'attention sur lui, ce qui donnait de la tranquillité à Louis et Marie-Louise pour échanger des regards. Et très probablement, il rapporterait ce soir au Roi que tout se passait au mieux à Saint-Cloud et qu'il n'y avait nulle inquiétude à avoir de ce côté… Ce dîner fut en vérité un excellent moment. L'étiquette, comme un petit gnome ronchon, avait été boutée hors de Saint-Cloud et envoyée rouler jusqu'au bas de la colline.

En se levant de table, Madame proposa d'aller faire quelques pas sur la grande terrasse afin d'admirer la lumière de l'après-midi sur la vallée de la Seine. J'échangeai un regard avec Lavandin : c'était le bon moment. Mme de Soulencourt sortit juste après *Madame* et le Dauphin. Je m'attardai un peu, je repliai ma serviette très lentement, deux fois de suite, le temps de laisser toutes mes compagnes passer devant.

Une grande porte-fenêtre s'ouvrait sur la terrasse. Des rideaux de velours, en partie relevés par de gros cordons de soie, protégeaient la pièce d'un excès de soleil. Au moment de les franchir, je fis un pas de côté et me dissimulai un instant derrière eux. Lavandin murmura en passant près de moi :

– Quand Monseigneur s'en ira, trouvez-vous le long de la route des Étangs, deux cents pas avant la grille, du côté droit de la route. Le repère est un très gros chêne.

C'était tout. Il continua son chemin l'air de rien. Je le suivis en essayant d'imiter son expression mais, à l'instant où je posai le pied sur la terrasse, je croisai, dardé sur moi, le regard incroyablement clairvoyant de Soulencourt. Et mordious, elle avait tout vu ! Il avait fallu qu'elle se retourne au mauvais moment.

Je lui adressai mon plus charmant sourire et, comme si j'esquissais une révérence, je lui présentai mes deux mains ouvertes, les doigts écartés, afin de lui montrer que je ne tenais aucune lettre ni billet doux.

Le billet doux, c'était son idée fixe, son gibier naturel, l'objet criminel par excellence. C'était par le biais des billets doux que tous les ennuis arrivaient. Elle les traquait et les pourchassait, au point de passer parfois la main sous nos oreillers et nos matelas. Pourtant, soit dit en passant, il aurait fallu être bien naïve pour cacher quoi que ce soit dans ces endroits-là. Encore que, si, notre bonne Villers-Vermont en était sans doute capable…

En tout cas, à l'instant présent, je n'avais rien dans les mains et elle en prit acte. Et je n'aurais rien eu le temps de cacher, elle le savait. Elle m'adressa un sec signe de tête qui voulait dire : « Cela ira pour cette fois, mais ne traînez pas ainsi. » Je baissai les yeux avec modestie et répondis par la plus polie des révérences. Et avec cela, vertuchou et diable borgne ! il fallait que je trouve un moyen pour fausser compagnie à toute cette noble société. Ordre de mon Dauphin !

Quand Louis demanda qu'on attelle ses chevaux, je sus que c'était le moment de m'éclipser. Je m'étais admirablement tenue pendant cette demi-heure de promenade ; discrète, exemplaire, irréprochable ; c'était tout simple : je m'étais calquée sur les Cui-cuis. Au point que personne ne sembla s'aviser de ma disparition quand je me glissai entre les buis taillés. Une seconde avant de m'échapper, je retins Gaétane par la manche :

– Si Soulencourt s'aperçoit de mon absence, dis-lui que la bière à laquelle je n'avais encore jamais goûté m'a donné mal au ventre. Les maladies, avec elle, c'est toujours ce qui passe le mieux.

Et sans laisser à Gaétane le temps de discuter la pertinence de mon prétexte, je me coulai de haie en haie, contournai l'Aile de Madame et m'enfuis vers la forêt.

5

Calamiteux

COTILLON

Dès que j'eus franchi la lisière, je me sentis plus tranquille. Je partis sous l'abri des arbres, longeant l'allée des Étangs à une dizaine de pas, cachée par les taillis. Mais ma pauvre robe n'appréciait guère cette randonnée à travers les ronces et les fougères.

Morbleu ! damnés jupons, calamiteux cotillon, pourquoi n'avais-je pas mes bottes et mes chausses de garçon ?…

Je ne voulais pas abîmer cette jolie robe bleue qui avait coûté fort cher à ma tante Annie. J'étais outrageusement gâtée par mon père et ma tante, mais tout de même pas au point de gâcher une robe achetée chez la propre couturière de Mme de Montespan. Je me trouvais maintenant hors de vue du château, je regagnai la route. Si j'entendais au loin un cheval ou une voiture, j'aurais bien le temps de me dissimuler dans le sous-bois.

Tout de même, le Dauphin ne me faisait pas de cadeau : la grille était à plus d'un quart de lieue du château, et il fallait encore que je trouve ce fameux chêne avant que les carrosses me rattrapent, et tout cela en robe... En marchant et courant tour à tour sur le bord de la route, je fus vite en nage.

En fait, il n'y avait pas de raison de m'alarmer ni de tant me presser, le chêne était énorme, je le reconnus au premier coup d'œil, il aurait été difficile de le manquer. Je le contournai. Cachée de la route, je m'adossai au tronc, la tête appuyée contre l'écorce.

J'attendis ainsi plusieurs minutes dans le silence du bois. Les battements de mon cœur s'apaisaient et ma respiration reprenait un rythme normal. Puis, soudain, au loin, le fracas des carrosses et le galop des chevaux retentirent à travers la forêt. Le Dauphin arrivait. Toujours collée au large tronc, je passai la tête pour observer l'allée.

Je vis que Lavandin, d'Us et Saint-Aubin suivaient la voiture de Louis au galop de leurs chevaux. Palsambleu, quelle chance ils avaient !... Comme monter me manquait... Je n'avais toujours pas trouvé de bonne occasion pour demander à Marie-Louise la permission de faire venir ma jument Calypso. *Madame* raffolait de la chasse et des chevauchées en forêt. Quand elle serait guérie, peut-être permettrait-elle qu'on l'accompagne…

Le carrosse du Dauphin ralentit et s'arrêta à la hauteur de mon chêne. Je me retirai prudemment d'une dizaine de pas dans l'épaisseur des taillis.

– Pourquoi nous arrêtons-nous, Monseigneur ?

Le duc de Montausier avait passé la tête à la fenêtre de son carrosse. Louis sortit aussi la sienne :

– Pour pisser, monsieur le duc ! Nous sommes entre hommes, je vous dis les choses comme elles sont.

J'attendais que le duc ronchonne contre cette perte de temps mais, au contraire, il laissa entendre une sorte de grognement de satisfaction :

– Ah ! bonne idée, Monseigneur… Ces visites sont fort longues pour un homme de mon âge.

Il descendit les degrés du marchepied de sa voiture et demanda :

– Quel côté de la route prenez-vous, Monseigneur ?

– Celui-ci, dit Louis en désignant le chêne.

– Fort bien, conclut le duc en traversant la route, je prendrai donc l'autre.

– Messieurs, dit Louis à ses écuyers, cet endroit ne présente nul danger. Donc, demeurez sur ce chemin et me laissez trois minutes tranquille !

C'était un ordre, ils s'écartèrent. D'où j'étais, je pus constater qu'ils se répartissaient le long de la route à intervalles réguliers, en jeunes gens sachant appliquer les dispositifs militaires.

Louis contourna le chêne et pénétra dans le sous-bois. Je sortis la tête de mes buissons, juste assez pour qu'il puisse m'apercevoir. Sans parler, il me fit signe de m'enfoncer plus profondément dans les bois. Nous parcourûmes encore une trentaine de pas jusqu'à ce que Louis nous juge assez éloignés de la route pour pouvoir parler sans danger.

— Eh bien, dit-il à mi-voix, vous voilà fort jolie, Eulalie, en demoiselle… Vous plaisez-vous à Saint-Cloud ?

— Beaucoup, Monseigneur, mais la société secrète me manque.

— Vous lui manquez aussi, mais la société secrète vous rejoindra bientôt. Nous reviendrons dans trois jours. Sans le dîner, toutefois. Nous sommes mardi, cela sera donc vendredi. La chose est convenue avec *Madame*.

— Trois jours ? Cela va être très long…

J'allais ajouter : « pour *Mademoiselle…* » mais je m'arrêtai, craignant de me montrer indiscrète. Louis devina la fin de ma phrase.

— Pour moi aussi, mais nous ne devons pas attirer l'attention par des venues trop fréquentes. Quand ces promenades seront rentrées dans les habitudes, nous verrons si nous pouvons les rapprocher. Le but serait d'en faire d'ordinaires visites de voisinage.

— Monseigneur, j'ai eu une idée. Puis-je la communiquer à Monseigneur ?

Le Dauphin sourit.

– Vous avez tout le temps des idées, Eulalie.

– Pas toujours bonnes, Monseigneur.

Je me remémorai ma fameuse idée de la messe du petit matin, qui avait eu le résultat désastreux d'attirer sur nous l'attention du Roi-Soleil.

– Dites-moi vite car je ne puis m'attarder longtemps.

J'expliquai :

– Un grand bonheur de *Madame*, c'est d'échanger des lettres avec sa famille en Allemagne, et particulièrement avec sa tante, la duchesse de Hanovre, pour qui elle a la plus grande amitié…

– Continuez, dit Louis, intéressé.

– Quand *Madame* reçoit une lettre de Mme de Hanovre, elle s'installe aussitôt à son bureau pour lui donner réponse et rien ne peut plus la détourner de son encrier ni de sa plume. Si Monseigneur rendait visite à l'improviste pendant que *Madame* a une lettre en route, malgré tout le plaisir qu'elle éprouve dans la compagnie de Monseigneur, je crois qu'elle ne s'interromprait pas pour autant, et *Mademoiselle* n'aurait qu'à se proposer pour faire la maîtresse de maison à sa place.

– Mais c'est une très bonne idée que vous avez là, Eulalie… Comment saurai-je que *Madame* a reçu une lettre d'Allemagne ?

– Si une lettre arrive, je puis nouer un ruban à l'une des branches du gros chêne, du côté opposé à la route.

– C'est entendu. L'un de nos compagnons passera chaque jour pour vérifier.

Il sortit de son habit un message joliment plié en long et fermé par un cachet de cire bleu ciel. Je savais de quoi il s'agissait. J'avais déjà porté un certain nombre de ces lettres d'amour entre Louis et Marie-Louise. Le cachet bleu ciel, c'était leur marque de reconnaissance. Ils étaient les seuls à utiliser cette couleur. Je songeai à Soulencourt et sa hantise des billets doux. Si elle s'était doutée du nombre de billets doux qui lui étaient passés sous le nez depuis mon arrivée dans cette maison !... Et tous destinés à *Mademoiselle*, première Princesse du sang, dont elle était si fort responsable.

Je glissai la lettre dans ma poche de chemise, sous ma robe.

– Je pourrai sans doute la remettre ce soir, je suis de service auprès de *Mademoiselle*. Il y a autre chose : je crois qu'il faudra désormais éviter que Marc de Lavandin ou un autre de nos compagnons m'adresse la parole en public. Tout à l'heure, aussi vite que nous ayons fait, Mme de Soulencourt nous a vus. Je vais être sous surveillance renforcée pendant les prochaines visites de Monseigneur. Sans compter le regard de ses adjointes, que je n'ai toujours pas réussi à identifier.

– C'est juste, dit Louis, comment puis-je vous faire passer vos instructions ?

– Ma chambre est la dernière de l'Aile de Madame, côté forêt. Pour la reconnaître à coup sûr : elle est la seule à avoir un parc à lapins devant sa fenêtre.

– Un parc à lapins ?

– Oui, Monseigneur, le parc de mon lapin.

– Vous élevez des lapins, Eulalie ?

– Pas *des* lapins, Monseigneur, un seul, qui est mon ami et comme moi un fidèle serviteur de Votre Altesse.

– Donc, si je vous demande quand vous comptez nous le servir en sauce, vous allez très mal prendre cette plaisanterie.

– Le respect m'empêcherait… Mais je ne crois pas que Monseigneur voudrait me faire de la peine exprès.

– Le respect !… fit le Dauphin, moqueur. Pendant un instant votre œil est devenu noir comme le canon d'un fusil quand le coup va partir… Je vous taquinais, Eulalie… Mais malheur à qui s'en prendra à votre lapin, je crois… Mme de Soulencourt tolère votre compagnon ?

– Je veille à ce qu'il soit fort discret. Et mon lapin bénéficie de la protection de Mademoiselle d'Orléans. Elle le trouve mignon et a signifié que sa présence chez elle lui plaisait.

C'était vrai, un jour d'absence de Soulencourt, j'avais présenté Ti-Tancrède à Marie-Louise. Elle l'avait caressé, pris dans ses bras et baptisé « lapinou d'amour ». Elle me demandait souvent de ses nouvelles. Depuis ce jour, Ti-Tancrède était en sécurité. Et puis, chez nous, l'exemple venait de haut. *Madame* autorisait ses trois ou quatre chiens favoris à dormir dans sa chambre. Il y avait de cela un mois, une des chiennes qui était pleine avait mis bas sur le tapis devant la cheminée. *Madame* s'en était déclarée ravie et avait aussitôt apporté elle-même ses soins aux nouveau-nés et à l'heureuse maman. Les chiots, qui aujourd'hui avaient un peu grandi, étaient superbes et causaient un raffut de tous les diables chez *Madame* qui les trouvait trop jeunes encore pour les séparer de leur mère.

– Donc, dit Louis, votre fenêtre, la dernière du côté de la forêt, reconnaissable à son parc à lapins…

– Si après la tombée de la nuit, l'un de nos compagnons venait jeter un gravier ou du sable contre la fenêtre, je pourrais sortir aussitôt et gagner la lisière du bois. Ce coin de forêt est l'endroit le plus tranquille du monde. Personne n'y vient jamais.

– On ne vous verra pas sortir ?

– Je ne le pense pas, Mme de Soulencourt habite dans l'autre partie, vers l'esplanade d'honneur. Elle vient rarement de notre côté.

– Vos voisines de chambre ?

– Les cousines de Cuy. J'y prendrai garde. Dès qu'il fait nuit, elles ferment leurs volets et leurs rideaux. Si je sors sans bruit, elles ne devraient pas s'en apercevoir.

– Fort bien. Vous recevrez mes instructions par cette voie avant vendredi. Travaillez-vous votre escrime ?

– Depuis notre arrivée, ici, je n'ai guère eu le temps, Monseigneur…

– Vous trouvez bien celui de construire des parcs à lapins. Entraînez-vous tous les jours. Au moins une heure. Vacances à Saint-Cloud ou non. Je ne veux pas que « mes hommes » se laissent aller. Feinte de sixte, parade de quarte et riposte de pied ferme, travaillez cet exercice.

– Bien, Monseigneur.

Louis, considérant que tout était dit, m'adressa un signe de tête et repartit vers la route du pas égal et détendu de quelqu'un qui vient de s'accorder quelques minutes de paix dans le calme du sous-bois. Par une trouée, je vis les carrosses repartir. Il me sembla que M. de Montausier, la tête en arrière, s'était profondément endormi dans le sien. C'est un fait, les repas un peu riches au milieu de la journée, cela donne sommeil.

6

~~Les héros~~

DE MONSIEUR CORNEILLE

Je repris seule le chemin de la maison, marchant au bord de la route. Je portais dans la poche de ma chemise une lettre au sceau de cire bleue qui me vaudrait d'être chassée de la Cour si elle venait à être découverte. Je le savais. Louis savait à quoi il m'exposait. Mais je faisais partie de l'armée secrète du Dauphin, et ce n'était pas un endroit pour les craintifs et les poulets mouillés !

Je contournai le château sous l'abri des arbres et regagnai rapidement ma chambre en passant par la fenêtre. Ti-Tancrède somnolait sous un fauteuil, les yeux mi-clos, dans l'attitude du sphinx. Il parut charmé de me voir rentrer mais ne se dérangea pas pour autant. Ce lapin qui dans la journée a nos deux lits à sa disposition préfère toujours s'installer sous l'abri d'une chaise ou d'un meuble, sans doute pour se garantir des buses et des rapaces. Nous nous trouvons à l'intérieur d'une maison, c'est vrai, mais on ne sait jamais !... L'instinct est l'instinct, et les prédateurs venus du ciel sévissent depuis des temps immémoriaux contre les lapins au sol.

Avant tout, il fallait trouver une cachette sûre pour la lettre destinée à Marie-Louise. D'autant plus sûre qu'après l'affaire Lavandin, il n'était pas exclu que Soulencourt vienne faire une vérification dans mes affaires. Et il fallait que cette lettre soit introuvable car elle était signée. Oui, Louis et Marie-Louise, toujours si prudents dans leur conduite, se comportaient dans leurs écrits en héros dignes de Monsieur Corneille. Ils méprisaient la pleutrerie des lettres anonymes, qui auraient selon eux avili leur amour.

Pas tout au même endroit... Derrière les piles de draps, il y avait déjà mes épées. Soulencourt n'aimait pas monter sur des chaises ou des tabourets, je ne savais pourquoi, peut-être avait-elle le vertige ou une vieille entorse de la cheville mal guérie, peu importait du reste, mais c'était en hauteur que le message du Dauphin serait le plus en sécurité. J'escaladai la commode. Sous le plafond, une poutre de bois noir avait dans son épaisseur une mince fente naturelle longue de trois pieds. J'y glissai la lettre et sautai à terre. D'en bas, on ne voyait rien. Parfait !

Ensuite, il fallait me préparer à un très probable débarquement de la Première dame d'honneur. Certainement, après le départ du Dauphin, Marie-Louise allait se prétendre fatiguée et demanderait à rester seule un moment, non pas pour se reposer, je m'en doutais bien, mais pour penser aux instants qu'elle venait de partager avec Louis et les ranger précieusement dans sa mémoire. J'avais prétendu avoir mal au ventre, un peu de mise en scène s'imposait.

J'ôtai ma robe : en chemise et jupon, j'avais l'air souffrante mais pas trop. J'ouvris mon lit comme si je m'y étais étendue un moment. Et pour parfaire le tout, je disposai un pot à eau sur ma table de chevet et une cuvette au pied du lit. C'était bon. J'étais prête.

J'ouvris la fenêtre plus largement et me baissai près du fauteuil de Ti-Tancrède. Je lui caressai la tête avec deux doigts :

— Tu ne veux pas aller faire un tour dehors et profiter de ce sublime parc que je t'ai construit de mes mains ?

Ti-Tancrède bâilla et s'étira en allongeant les pattes vers l'avant, et me regarda d'un air peu convaincu. Toutefois, par politesse me sembla-t-il, il se leva et se dirigea vers la fenêtre. Pof ! d'un saut rapide il fut sur l'appui de la fenêtre. Et pof ! d'un autre, il se retrouva sur l'herbe. Il fit le tour du parc avec indifférence, renifla çà et là quelques brins d'herbe et de trèfle mais conclut qu'il n'avait définitivement pas faim. Il revint dans la chambre en deux sauts inverses et regagna l'endroit qui lui plaisait

sous le fauteuil. Il y avait trop de soleil et de lumière pour sortir à cette heure-là. Il trouvait que j'avais vraiment de drôles d'idées.

C'est à l'aube et au crépuscule que mon lapin se déchaîne. Parfois, à la fin du jour, il se livre à ce que j'appelle la folle danse du lapin. Il salue le soir par des sauts à deux pieds du sol, des virevoltes et des pirouettes. Pourquoi à cette heure-là ? Je ne sais pas. Peut-être le soleil qui baisse diminue-t-il la terrible précision de la vision des oiseaux de proie, et se sent-il en sécurité ?…

Des pas rapides et légers se firent entendre dans le couloir, c'était Gaétane qui venait s'assurer que j'étais bien rentrée. Elle précédait de peu ma prédatrice à moi.

– Dieu merci, tu es là ! souffla-t-elle. Attention : Soulencourt arrive !

– Pas de problème, murmurai-je. Je suis prête.

Je m'assis sur mon lit défait et m'appliquai à prendre l'expression la plus sage que je pus.

– Eh bien, mademoiselle de Potimaron, dit notre Première dame d'honneur en entrant comme toujours sans frapper, on me dit que vous ne vous sentez pas bien ?

Le ton de sa voix exprimait plus de sollicitude que de sévérité. C'était une chance : elle était toujours gentille avec les gens malades. C'était donc un excellent prétexte. Le tout était de ne pas en abuser. Son regard fit le tour de la pièce, le décor que j'avais installé parut lui sembler vraisemblable.

– Je me sens mieux, madame, merci de vous être dérangée jusqu'ici et pardonnez-moi d'avoir quitté la compagnie en catastrophe. En vérité, je me sens ridicule : je me suis créé toute seule cette incommodité en buvant de la bière au repas. À dire vrai, je n'en avais encore jamais bu.

– Ah ! fit-elle, c'est peu de chose et cela vous servira de leçon. J'aurais pu vous prévenir : il faut un robuste estomac solidement aguerri pour supporter cette boisson du Nord. Désormais, tenez-vous-en à l'eau.

– Je n'y manquerai pas, madame.

Son visage se fit soudain plus incisif. Puisque ma santé n'inspirait plus d'inquiétude, on pouvait passer aux choses sérieuses :

– Dites-moi, Eulalie, qui est ce garçon qui vous a parlé tout à l'heure sur la terrasse ?

– Je ne connais pas son nom, madame, mentis-je.

Je m'attendais à cette question, je parvins à soutenir son regard avec ingénuité mais fermeté.

– Que vous a-t-il dit ?

– Il était distrait, il m'a un peu bousculée en passant la porte, il s'est excusé très poliment, voilà tout.

– Voilà tout… Qu'avez-vous répondu ?

– Que ce n'était rien. Aurais-je dû répondre autre chose ?

– Non. Vous ne l'aviez jamais rencontré auparavant ?

– Je l'avais aperçu une ou deux fois parmi les écuyers de Monseigneur le Dauphin.

En quelque sorte je résumais : Marc et moi nous étions pris de bec dans les combles de Versailles, insultés mutuellement, battus en duel honorable, blessés l'un l'autre, réconciliés en buvant de l'eau-de-vie au goulot de la même bouteille, et nous nous voyions tous les jours lors des réunions de l'armée secrète du Dauphin. En raccourci, je pouvais bien dire que je l'avais aperçu une ou deux fois.

– Il ne vous a rien donné ?

J'ouvris de grands yeux :

– Qu'aurait-il pu me donner ?

– Ne jouez pas à la sotte avec moi ! Une lettre, bien sûr, un message.

– Je vous jure, madame, qu'il n'a rien essayé de me donner de tel et, du reste, je n'aurais jamais accepté.

Vérité pure : nous n'étions pas des courges à la société secrète pour nous passer des messages en plein salon, sous les yeux de Soulencourt et de Montausier, les deux plus grands moutons que la terre ait portés, sans compter leurs affidés dont nous n'avions même pas la liste complète. Ce salon, ce n'était pas seulement une belle pièce avec des dorures et des plafonds peints, c'était la foire annuelle du mouton à Potimaron.

Elle me fixa dans les yeux. Je répondis à son regard avec toute la naïveté possible. Elle insista quelques instants, puis conclut que, sans doute, je disais vrai. L'affaire était classée sans suite.

– C'est bon, dit-elle enfin, c'est ainsi qu'il faut agir, continuez ainsi.

« Je n'y manquerai pas », pensai-je fugitivement. Elle poursuivit :

– Pourrez-vous assurer ce soir votre service auprès de *Mademoiselle* ?

– Oui, madame, je me sens à nouveau bien et je voudrais présenter mes excuses à *Mademoiselle* pour être partie sans permission alors qu'elle recevait des invités.

Mme de Soulencourt eut un hochement de tête appréciateur. Décidément, cette petite Potimaron qui était arrivée de sa campagne sans rien savoir des usages commençait à acquérir quelques manières.

Le soir, La Lande, Gaétane et moi avons servi *Mademoiselle* pour son souper et son coucher. Je n'eus aucun mal à lui remettre la lettre de Louis car je demeurai un moment seule avec elle pendant qu'elle se séchait après son bain, assise sur un tabouret, enveloppée dans un grand peignoir. L'instant était parfait. Je compris qu'elle avait elle-même arrangé ces circonstances en envoyant La Lande et Gaétane préparer sa chambre. Je lui donnai la lettre. Elle l'attendait depuis la visite de Louis. Elle la prit sans un mot et, en trois gestes précis, la resserra dans une cassette en vermeil de sa toilette, qu'elle ferma et dont elle suspendit la clef à son cou par une fine chaînette.

– Merci, Eulalie, dit-elle d'une voix très ordinaire, comme si elle me remerciait pour le peignoir.

Je m'inclinai sans répondre. Demain ou après-demain, elle s'arrangerait pour me donner la réponse, laquelle irait attendre dans la poutre se trouvant au-dessus de notre commode que Chalamar, d'Us ou Lavandin vienne à la nuit tombée lancer un gravier contre la fenêtre.

7

L'appel

DE LA CHOUETTE

Après le fringant passage du Dauphin, le château de Saint-Cloud retomba dans son agréable paresse. Nous n'étions qu'au début de la belle saison mais il faisait déjà chaud. Notre service auprès de Marie-Louise se réduisait à peu de chose. Mme de Soulencourt ne nous surveillait guère : quelle sottise aurions-nous pu commettre dans cette solitude ? Il nous arrivait presque chaque jour à Gaétane et moi d'avoir notre après-midi entièrement à nous. Alors, Gaétane prenait sa guitare et moi, Ti-Tancrède dans un panier, et quittant sans bruit la maison, nous rejoignions par les sentiers de la forêt le bassin de pierre blanche que nous avions découvert le lendemain de notre arrivée. Personne ne semblait se préoccuper de notre absence. À croire que les sous-ordres de Soulencourt, elles aussi, se sentaient en vacances.

Gaétane aimait avec passion se baigner.

Elle se trempait dans l'eau claire avec bonheur, longuement, lentement, vêtue seulement d'une fine chemise de batiste au cas où un forestier ou un peu probable promeneur nous aurait surprises, et aussi pour se protéger de l'ardeur du soleil. Pendant qu'elle savourait la fraîcheur de l'eau, je surveillais les environs. Mais très vite nous avons abandonné cette précaution et pris l'habitude de nous baigner ensemble : il ne venait jamais personne, ici... Puis, comme dans la chanson, nous nous mettions à sécher, sur la margelle du bassin toutefois et non sous la branche d'un chêne.

Quand nous avions eu notre content de baignade, d'aspersions et d'immersions, Gaétane prenait sa guitare qu'elle travaillait chaque jour. Et moi aussi, j'avais à faire. Le Dauphin m'avait ordonné de m'exercer à l'escrime. Il aurait été invraisemblable de me promener en plein jour avec mon épée. Alors j'avais taillé au couteau une belle canne de bois, bien droite, de la même longueur que mon épée. Elle était un peu légère, mais on ne peut tout avoir. Et qui pourrait s'étonner de me voir un bâton à la main pour me promener dans les bois ?

Le premier jour, un peu inquiète de le voir s'éloigner et se perdre, j'avais attaché un ruban au cou de Ti-Tancrède, mais il l'avait immédiatement rongé en trois coups de dents et s'en était débarrassé comme s'il s'était agi d'une offense personnelle. Puis il s'était choisi un abri sous les rameaux d'un buisson de genêt et m'avait adressé un regard sévère. « Est-ce que je n'avais toujours pas compris que cette heure chaude était faite pour la sieste et non pour baguenauder ? » Après tout, Ti-Tancrède pensait à peu de chose près comme Mme de Soulencourt. Et, sans doute notre présence à nous, jeunes humaines, suffisait-elle pour éloigner les renards.

Le lendemain de la visite de Louis, la lettre de Marie-Louise était prête.

Elle me la glissa dans la main – sans un mot, comme toujours – quand je vins reprendre dans sa chambre le plateau sur lequel se trouvait la tasse de son infusion du soir. Moi non plus, je ne dis rien. Je fis passer la lettre dans la manche de ma robe – je commençais à avoir l'adresse d'un magicien de spectacle – et je baissai les paupières pour indiquer que je veillerai qu'elle arrive à bon port.

La lettre cachetée de bleu clair était épaisse, au moins quatre feuilles de papier, Marie-Louise n'avait pas perdu son temps. Le message n'eut pas longtemps à séjourner dans la poutre du plafond car, deux heures plus tard à peine, un petit caillou vint heurter notre fenêtre. Louis n'avait pas pu attendre davantage pour savoir s'il avait une réponse. Notre service postal se révélait d'une efficacité magnifique. Je murmurai à l'intention de Gaétane :

– Éteins les lumières.

Dans l'obscurité, je passai la tête à l'extérieur. Les Cuicuis avaient fermé leurs volets, par crainte des rôdeurs, peut-être, ou des araignées, je ne savais pas et m'en désintéressais parfaitement. Mais je pus voir par la fente centrale qu'elles avaient encore leurs bougies allumées. C'était parfait. Si la curiosité les prenait de regarder par cette fente, avec leur chambre éclairée, elles ne pourraient rien voir dehors. La voie était libre.

La lune à son premier quart donnait une faible lueur blanche, je traversai la prairie, en courant aussi vite et aussi silencieusement que possible et ne ralentis qu'en pénétrant sous l'obscurité des arbres. Mais, à cet instant, deux bras surgis de nulle part m'enserrèrent avec force et une main se plaqua contre ma bouche, m'empêchant à la fois de crier et de respirer. Je crus mourir de peur. Je ne savais pas ce qui m'arrivait. Je ne savais pas si j'étais la proie d'un brigand, d'un garde du parc ou d'une sombre créature des bois. Ma seule préoccupation fut de me demander avec affolement si cet agresseur avait l'intention de m'étrangler tout de suite ou seulement un peu plus tard… Mais l'étau des bras qui me retenaient se relâcha progressivement et mon ravisseur me libéra. Le cœur me battant encore comme un tam-tam, je me retournai et, à la lueur de la lune, je reconnus Chalamar. Je m'indignai :

– C'était une très mauvaise plaisanterie, monsieur !

– Ce n'était pas une plaisanterie, Eulalie, dit-il, c'était une mise à l'épreuve et j'ai le regret de vous annoncer que vous avez lamentablement échoué. Vous avez zéro, mademoiselle.

Je ne comprenais pas.

– Comment cela, j'ai zéro ?

– Vous vous êtes jetée dans ce bois sans aucune précaution, sans seulement vous assurer que celui qui vous attendait était bien celui que vous pensiez trouver. Ensuite, face à une attaque inattendue, vous n'avez montré aucun réflexe. Vous n'avez rien tenté pour vous défendre. Vous vous êtes laissé paralyser comme une souris sous le regard d'un hibou. Vous n'avez même pas essayé de sauver la lettre que vous portez, laquelle pourrait compromettre Mademoiselle d'Orléans si elle tombait dans de mauvaises mains. J'aurais pu vous la prendre aussi facilement que je le voulais.

Je me sentis envahie de honte : tout cela était vrai. J'objectai pauvrement :

– Nous n'étions pas convenus d'un signal de reconnaissance…

– C'était une faute. Vous auriez dû vous en rendre compte, vous arrêter avant la lisière et demander à voix basse qui était là. Désormais, le signal sera l'appel de la chouette : *hu-hoouu*, très doucement, une fois. Et vous attendrez la réponse, le même appel, *hu-hoouu*, trois fois. Trois ! Pas deux ni quatre. Alors seulement vous pénétrerez sous le bois. Nous changerons ce signal dans une ou deux semaines.

– Et comment pouvais-je me défendre ? demandai-je, je n'avais même pas mon épée.

– On n'a pas toujours son épée, et vous, étant une femme, vous êtes souvent exposée à ne pas l'avoir. Du reste, de la façon dont je vous ai attaquée, vous n'auriez pas eu le temps de la sortir.

– Eh bien, qu'aurais-je donc dû faire ?

– Il faut apprendre à utiliser votre corps comme une arme. Et à réagir plus vite. Dans l'instant. Un combat se joue souvent en quelques courtes secondes. Je vous ai attaquée par-derrière : vous pouviez fléchir les jambes et vous pencher brutalement en avant en appuyant vos bras sur le sol, ce qui m'aurait fait basculer par-dessus votre dos. Si votre adversaire est de votre taille, vous pouvez pivoter sur vous-même et le frapper au menton, très fort, de bas en haut, en relevant vos deux coudes en même temps ; on peut assommer quelqu'un ainsi. Et enfin, comme il se trouvait que je suis plus grand que vous, la meilleure solution aurait été de frapper en arrière avec votre pied, de toute votre force, en visant mon genou – en le brisant, si possible – et de profiter de ma perte d'équilibre pour vous échapper en vous laissant glisser vers le bas. Ensuite, comme en effet vous n'aviez pas d'épée et que vous courez vite, il fallait fuir vers le château afin de sauver la lettre. Si près d'une habitation, il y avait peu de danger qu'on vous poursuive.

J'écoutai de toutes mes oreilles, essayant de me représenter ce que Chalamar m'expliquait. Nous étions à mille lieues des porcelaines, lectures et ombrelles qui faisaient le quotidien d'une jeune fille d'honneur.

– Comment apprendrai-je cela ? demandai-je.

– Déjà, vous y réfléchirez. Cela évitera que vous soyez aussi totalement démunie si un jour on vous attaque. Vous ne vous en sortez pas mal à l'épée, vous possédez un peu de technique et vous gardez la tête froide ; mais je voulais vous montrer qu'un combat n'est pas toujours un assaut entre gentilshommes, avec deux témoins respectables et des règles de franc jeu et de courtoisie. Il faut apprendre à prévoir le danger et autant que possible l'éviter. Le but n'est pas de montrer son courage mais de mener à bien sa mission. Les marches à suivre, les mouvements, je vous les enseignerai mais il faudra attendre pour cela votre retour à Versailles. Monseigneur tient à ce que vous soyez particulièrement bien formée à ces ressources de défense car, comme vous l'avez dit, vous vous trouvez souvent sans arme.

– Bien… dis-je, j'obéirai à Monseigneur.

J'avais beaucoup d'admiration pour Marc-Antoine, vicomte de Chalamar. Il avait seize ans, ce qui pour mes douze ans et demi était impressionnant. Il était intelligent, discret, efficace. C'était le meilleur ami de Louis. Je me disais parfois que quand Louis serait roi, Chalamar serait son Richelieu.

Chalamar ajouta :

– Eh bien, n'oubliez-vous rien, Eulalie ?

Je levai des yeux étonnés. J'étais un peu chamboulée par ce qui venait de m'arriver. On ne se fait pas tous les jours étrangler au coin d'un bois, et ensuite réprimander vertement par son agresseur pour n'avoir pas su se défendre.

– La lettre, Eulalie !… Vous êtes ici pour me remettre une lettre.

Grand Dieu, la lettre ! J'étais en train de l'oublier. J'aurais vraiment été la reine des cloches jusqu'au bout, ce soir. Je découvrais qu'il était finalement beaucoup plus difficile d'agir livrée à moi seule, ici, à Saint-Cloud, qu'à Versailles avec l'aide toute proche de la société secrète.

– La voici, dis-je.

– Et en voilà une autre, répondit-il en sortant un billet plié de son pourpoint. Rencontrez-vous des difficultés pour les remettre à *Mademoiselle* ?

– Non, le service ici est très détendu. Je me trouve assez souvent seule avec *Mademoiselle*.

– C'est bien… Monseigneur vous fait dire que vous êtes une fille courageuse, Eulalie.

Malgré cette dernière parole, je regagnai la chambre, maussade, mécontente de moi et mécontente de tout. Dans l'obscurité, j'ouvris le volet que Gaétane avait laissé entrebâillé et j'enjambai l'appui de la fenêtre. Gaétane, alors, ralluma une bougie. J'escaladai la commode pour glisser la lettre de Louis dans sa cachette. Gaétane ne put que remarquer mon air de dogue vexé.

– Que s'est-il passé ? demanda-t-elle.

Je pris Ti-Tancrède dans mes bras et m'assis sur mon lit, le dos appuyé aux oreillers pour tenter de chasser de moi cette humeur rébarbative. Je bougonnai enfin :

– Je viens de découvrir que ma capacité de réaction avoisine celle d'une souris terrifiée. Ti-Tancrède aurait été plus vif que moi.

8

L'Histoire comique

DES ÉTATS ET EMPIRES DE LA LUNE

Saint-Cloud étant plus proche de Paris que Versailles, ma tante Annie pouvait plus facilement venir me voir.

Comme prévu, j'avais obtenu de mon père ce que je désirais : la permission de me faire couper et confectionner un habit de garçon par l'atelier qui fournissait Mme de Montespan[1]. Mon père avait même trouvé mon idée excellente ; en effet, écrivait-il, si quelque circonstance exigeait que je me retrouve à voyager seule, je serais certainement plus en sécurité sous une apparence

_____

1. Voir *Les folles Aventures d'Eulalie de Potimaron*, tome 1, *À nous deux, Versailles !*

masculine… Quand je disais que j'avais le père le plus délicieux du monde !

Annie m'avait amenée à Paris pour les mesures et l'essayage, puis une seconde fois pour aller chercher le costume terminé. Elle avait réellement l'intention de faire de moi une demoiselle accomplie et n'était qu'à moitié consentante pour l'achat de cet habit.

– Bon, dit ma tante alors que nous étions encore dans la rue, nous sommes bien d'accord : j'ai dit à ces dames de l'atelier que ce costume est destiné à un bal travesti que *Monsieur* compte donner à Saint-Cloud au mois de septembre… C'est un prétexte très plausible. Ne me contredis pas, que je n'aie pas l'air d'une tante qui permet à sa nièce toutes les extravagances !…

– Ne crains rien, ma tante. Mais si *Monsieur* ne donne jamais ce bal ?…

– En septembre, tout le monde aura oublié. Et *Monsieur* a le droit de changer d'idée.

Ma tante était aussi bonne menteuse que moi. Mon nouvel habit était magnifique, d'un tissu de fine laine anglaise d'un bleu de nuit sublime, le col et les manchettes ornés d'une dentelle blanche élégante sans mignardise. J'avais aussi droit à un chapeau du même bleu, orné d'une plume blanche digne du roi Henri IV, et à des gants et des bottes du plus joli cuir qu'on puisse rêver. J'avais hâte de retrouver les réunions de la société secrète. J'allais enfin être vêtue comme il convient à un compagnon du Dauphin. Les couturières de l'atelier décrétèrent que je faisais un très joli cavalier, me recommandèrent de bien m'amuser au bal et me conseillèrent de parfaire ce costume par un demi-masque de velours noir.

— Tu es la meilleure des tantes, dis-je à Annie en l'embrassant quand nous fûmes assises dans notre coche.

— Il est bien convenu que cet habit… commença-t-elle.

— Oui, oui, il ira tout droit au fond de ma malle la plus discrète… Mais, dis-moi, tu ne voudrais pas profiter de ce que nous sommes ensemble à Paris pour visiter quelques librairies ? J'ai beaucoup de temps libre à Saint-Cloud et je n'ai plus rien à lire, j'ai même fini tous les livres de Gaétane.

Comme je m'y attendais, ma tante se préoccupa immédiatement de lectures à me conseiller et des librairies à choisir. Ma tante et mon père sont des fous de livres… En fait, si j'avais changé si vite de sujet, c'était pour éviter qu'Annie me fasse solennellement promettre de ne revêtir ce costume qu'en cas de grande urgence. J'aurais pu considérer à part moi que les réunions de la société secrète étaient une affaire de grande urgence, mais je ne suis pas si tartuffe. Je n'aurais pas voulu mentir à Annie. Si j'avais promis, l'habit bleu aurait bel et bien dû rester au fond de sa malle en attendant quelque grave circonstance.

— Raconte-moi un peu ce qui se passe à Versailles, demandai-je. À Saint-Cloud, nous sommes comme dans un ermitage.

– Tu vois comme tu commences à t'intéresser à Versailles, je te l'avais bien dit.

– Mais oui !... Tu avais raison, j'avais tort, je te l'ai déjà dit et je te le redis encore aujourd'hui, et mille fois de suite si tu veux.

– Alors, que se passe-t-il à Versailles... Ah bien, oui ! Un événement... Est-il possible que vous ne soyez pas au courant ? Le bébé que Mme de Montespan attendait du Roi est né.

– Vraiment ?

– Une petite fille. Françoise-Amélie de Bourbon. On lui a donné le titre de « Mademoiselle d'Amboise ».

– Où est-elle ? À Versailles ? L'as-tu vue ?

Ma tante Annie avait été la compagne de Mme de Montespan au couvent de Saintes quand elles étaient adolescentes. Leur amitié ne s'était jamais éteinte.

– Non, elle n'est pas à Versailles. Elle est née à Maintenon, chez la gouvernante de ses frères et sœurs aînés. Que veux-tu, l'étiquette ne prévoit rien qui règle la naissance des enfants bâtards du roi... Et, oui, je l'ai vue, je suis allée rendre visite à Athénaïs, c'est une mignonne petite fille, bien portante, touchante comme tous les nouveau-nés. Il n'y a que sa mère pour dire qu'elle est laide comme un petit singe.

– Pourquoi dit-elle une chose pareille ? demandai-je, étonnée.

– Par superstition, je pense. Athénaïs a toutes sortes de crédulités, elle croit au mauvais œil, aux influences, aux mauvais sorts… J'imagine qu'elle craint de porter malheur à sa fille en louant prématurément sa beauté.

De retour à Saint-Cloud, je déposai mon nouvel habit au fond de ma plus profonde malle – comme promis ! – et j'allai saluer *Mademoiselle* et la remercier pour cette journée de congé. Elle voulut que je raconte ma promenade et demanda à voir les quatre livres neufs que je rapportais. Elle aussi aimait les livres. Je les apportai dans sa chambre et les étalai devant elle sur le tapis, comme une vendeuse de légumes au marché. Elle se pencha, défit les feuilles de papier qui les emballaient, les feuilleta et lut quelques lignes.

– Vous me donnez envie, Eulalie, dit-elle, moi aussi je manque de livres nouveaux… Voudrez-vous me les prêter quand vous les aurez terminés ?

– Il n'y a pas besoin d'attendre que je les aie finis. Je ne vais pas lire quatre livres à la fois. Que Votre Altesse prenne ceux qui lui plaisent, je les lirai ensuite.

– Alors montrez-moi celui que vous souhaitez lire en premier.

– Je n'ai pas de préférence, Votre Altesse.

– Voulez-vous me les laisser un moment ? Je choisirai, et je vous rendrai les autres tout à l'heure.

– Bien entendu, Votre Altesse.

– Vous êtes gentille, Eulalie…

Je sentis sur moi le regard réprobateur des cousines de Cuy qui avaient assisté à mon déballage. Eh bien oui, les Cui-cuis, c'est facile de se faire bien voir et d'avoir des compliments quand on est comme moi outrageusement gâtée par le plus gentil papa et la plus généreuse tante du monde... !

J'avais bien compris que mes livres ne reviendraient pas seuls. Marie-Louise avait réellement envie de les lire mais elle venait aussi d'inventer un nouveau système de boîte aux lettres. Belle trouvaille : les échanges de livres allaient désormais permettre de nous passer les messages sans avoir besoin d'être absolument seules.

Car des lettres, il y en avait beaucoup maintenant.

Louis et Marie-Louise n'avaient jamais connu une telle liberté pour s'écrire et c'était presque chaque soir qu'un membre de la société secrète et moi procédions à l'échange du courrier, protégés par la forêt et la nuit. Je me munissais de mon épée désormais, et j'appliquais avec beaucoup de prudence les ordres de sécurité édictés par Chalamar.

Comme je quittais l'appartement de Marie-Louise, Mme de Soulencourt m'arrêta dans l'antichambre.

– Venez me voir un instant, mademoiselle de Potimaron.

Je me sentis aussitôt sur mes gardes, mais j'observai qu'elle n'avait pas l'air sévère ni accusateur. De plus, je n'avais rien fait de mal ces derniers temps, hors me baigner quasi dévêtue dans le bassin des fontaines et sortir chaque nuit en secret pour porter les lettres d'amour de Marie-Louise, mais, cela, elle n'était pas censée le savoir. Elle paraissait plutôt bienveillante et détendue.

– J'ai annoncé cette nouvelle à vos compagnes tout à l'heure, mais vous n'étiez pas là : je quitte Saint-Cloud demain ; je serai absente pendant trois semaines, madame la maréchale de Clérambault me remplacera ; je compte sur vous pour lui rendre la tâche facile et pour me faire honneur.

Soulencourt s'en allait ! Gaétane m'avait dit que la chose s'était déjà produite l'année dernière mais jusqu'à ce jour personne n'avait encore évoqué un possible départ. Et la maréchale de Clérambault, la meilleure amie de *Madame*, c'était bien simple : elle ne quittait jamais *Madame*. La surveillance déjà fort réduite allait devenir fantomatique... Mais je veillai à ne laisser aucune de ces pensées paraître sur mon visage.

– Bien entendu, madame. Je ferai mon possible pour aider Mme de Clérambault.

Mme de Soulencourt et *Madame* ne s'entendaient que moyennement, les séjours à Saint-Cloud étaient donc tout indiqués pour que la Première dame d'honneur de *Mademoiselle* prenne quelques jours de congé. Et elle partait d'autant plus volontiers que le Roi n'était pas là. Pour une vraie courtisane comme elle les journées à distance du Roi étaient des journées en partie perdues.

– Vous rendez-vous dans vos terres ? demandai-je.

Je posai cette question plutôt par politesse, pour avoir l'air de m'intéresser.

– Oui, dit-elle, je vais à ma maison de Soulencourt, dans le Vexin. Il me faut aller examiner les comptes, surveiller la rentrée des foins, voir comment se présentent les blés et les avoines et diriger la cueillette des cerises.

Cette évocation des foins et des avoines, brusquement, suscita en moi une bouffée de mal du pays, ample et puissante comme un gros souffle de vent sous un nuage… Moi aussi, j'avais envie de rentrer chez moi !… Je crus voir les prés autour de Potimaron ondoyer sous le vent, de couleur bleu-vert et semés de coquelicots. J'avais envie de voir mon père. C'était la première fois qu'à Potimaron on allait rentrer les foins sans moi, comme si je n'existais plus… J'eus l'impression que des larmes me montaient aux yeux. Soulencourt sembla démêler ce qui se passait en moi :

– Allons, Eulalie, ce sera bientôt votre tour et, vous, vous aurez six vraies semaines pour profiter de la présence de ceux que vous aimez.

C'était vrai, il était prévu que Gaétane, Villers-Vermont, les Cui-cuis et moi, les plus jeunes des filles d'honneur, nous rentrerions dans nos familles après le vingt du mois de juillet. À cette date, le Roi et toute sa famille partaient s'installer à Chambord pour quinze jours, deux semaines entièrement consacrées à la chasse. Puis, après Chambord, la Cour résidait encore un mois à Fontainebleau. Ces demeures royales étaient plus petites que Versailles et chacun devait diminuer sa suite. Ces diminutions portaient en général sur les plus jeunes, d'où l'intérêt d'être socialement inimportant. Pour Mme de

Soulencourt, en revanche, ces vacances avec la famille royale étaient l'une des périodes les plus intéressantes de l'année car l'on pouvait se trouver chaque jour en présence du Roi. Elle se prenait de passion pour la chasse et n'en manquait aucune. Mais, à l'instant présent, sa capacité à comprendre mes émotions et se mettre à ma place me fit plaisir.

Je lui fus reconnaissante de ne me servir aucune des remarques que j'aurais pu attendre : j'avais trop de bonheur de me trouver à la Cour, dans la maison de *Mademoiselle*, poste que toutes les jeunes filles normalement raisonnables, et ta ta ta... Elle aussi, peut-être, avait parfois le mal du pays... Je lui souris :

— Vous avez raison, madame. Je vous souhaite un bon séjour chez vous.

Ce fut l'un des meilleurs moments de compréhension mutuelle que nous eûmes, Mme de Soulencourt et moi, au cours de notre tumultueuse cohabitation.

Le soir, comme convenu, Marie-Louise me rendit mes livres sauf un, *L'Histoire comique des États et Empires de la Lune*, de Monsieur de Cyrano de Bergerac.

— Vous n'avez pas treize ans et votre tante vous autorise cette lecture ? me demanda-t-elle à mi-voix.

— Elle m'a elle-même offert ce livre. Elle dit que c'est un livre fort drôle et intelligent, et que ce qu'il contient ne choque que les sots.

– Cette opinion me donne d'autant plus envie de le lire, mais, tout de même, ne le montrez peut-être pas à Mme de Soulencourt...

– Mme de Soulencourt est ce soir fort occupée à faire ses bagages, Votre Altesse. J'oublierai de lui en parler avant son départ.

Comme prévu, je trouvais, glissée entre les pages d'un des volumes qu'on me rendait, une lettre cachetée de cire bleu clair, sans adresse, que je savais bien à qui remettre. Et, comme je m'y attendais, un gravier vint heurter la fenêtre de notre chambre vers les dix heures du soir.

Je sortis sans bruit après avoir attentivement vérifié que la voie était libre. Je tenais mon épée à la main, je n'avais aucunement l'intention de me laisser à nouveau surprendre.

La nuit était sombre à cause de denses nuages d'orage qui s'étaient formés à la fin de la journée. Je m'arrêtai à trois pas de la lisière et lançai doucement l'appel de la hulotte : *hu-hoouu !*... On me répondit précisément trois fois, à intervalles réguliers : *hu-hoouu..., hu-hoouu..., hu-hoouu !* Je m'approchai et pénétrai lentement dans la forêt. On n'y voyait goutte ce soir. Je demandai, à voix très basse :

– Qui est là ?

Chalamar, d'Us, Lavandin et Saint-Aubin venaient à tour de rôle. Celui qui m'attendait répondait à cette question : *société !* Si quelqu'un nous entendait, c'était un mot

qui ne prêtait pas à conséquence. Et je savais qu'ils étaient toujours deux, le deuxième demeurait dans l'obscurité, une vingtaine de pas en arrière, silencieux comme une statue, guettant tous les bruits, surveillant à la fois les abords du château et la forêt. Cela voulait dire qu'un de nos compagnons avait entendu le savon du siècle que j'avais reçu de Chalamar et, en y repensant, je dois dire que je trouvais cela assez vexant. J'avais d'autant plus l'intention d'être désormais irréprochable : si l'un d'eux essayait de me faire peur pour tester mes réflexes ou toute autre raison, il risquait fort de se prendre un coup d'épée et ce serait tant pis pour lui. Mais ce fut une autre voix qui répondit.

– C'est moi, murmura-t-on.

Je reconnus la voix de Louis. J'en fus très étonnée. Je ne l'avais encore jamais vu s'évader ainsi de Versailles. Je remis mon épée à ma ceinture. Sauf à l'entraînement et à la guerre, il est interdit d'avoir une arme à la main en présence du Roi ou de son fils.

– Vous, ici, Monseigneur ?

– Et pourquoi pas ? Il est bon que moi aussi je m'entraîne régulièrement à quitter la Cour sans que Montausier et sa clique s'en rendent compte.

Il y avait de la mauvaise humeur, une espèce de brusquerie dans la voix de Louis, inhabituelle chez lui. Est-ce qu'il y avait eu du grabuge à Versailles ? Des mots avec le duc de Montausier ? Toutefois je n'osai poser aucune question.

– Eh bien, Eulalie, quelles nouvelles à Saint-Cloud ?

– Deux bonnes nouvelles, Monseigneur. *Madame* a reçu ce soir une lettre d'Allemagne, et Mme de Soulencourt s'en va dans ses terres pour trois semaines. Mme de Clérambault la remplacera.

– En effet, ce sont deux bonnes nouvelles... Il devrait faire chaud demain, j'irai à la chasse l'après-midi et nous passerons sans avoir prévenu, comme pour demander à faire boire les chevaux et nous rafraîchir un moment.

– Bien Monseigneur, je le dirai à *Mademoiselle*.

Je lui remis ma lettre, il en sortit une autre de son habit qu'il me donna en échange. Mais malgré cette avalanche de bonnes perspectives, Louis restait fermé et mécontent. Je m'inquiétai : est-ce qu'il trouvait comme Chalamar dix jours plus tôt que j'avais mal rempli ma mission ? avec imprudence ou étourderie ? Je m'enhardis à demander :

– Monseigneur est mécontent ? Est-ce que j'ai encore commis quelque erreur ?

– Non, Eulalie, non, vous avez au contraire parfaitement respecté les procédures... Je suis de méchante humeur, il est vrai, mais vous n'y êtes pour rien. C'est une mauvaise journée.

Je n'osai pas poser de question, cela ne se faisait pas, il me semblait pourtant que les jours à venir s'annonçaient plutôt bien... Mais Louis continua :

– La naissance de cette petite Mademoiselle d'Amboise cause beaucoup de chagrin à ma mère, et je trouve que ce chagrin, infligé de manière égoïste et gratuite, aurait dû lui être épargné.

J'en croyais à peine mes oreilles : le Dauphin réprouvait ouvertement la conduite du Roi ! Et ce qu'il disait était vrai, morbleu ! J'étais tellement habituée au statut de Mme de Montespan à la Cour que je n'avais pas songé à cet aspect des choses quand ma tante m'avait appris la nouvelle... La naissance d'un enfant du Roi chez une autre femme devait être très pénible pour la Reine Marie-Thérèse... Et de plus, humiliante, car il s'agissait d'une naissance officielle, reconnue, légitimée par le nom de Bourbon, et par ce joli titre de Mademoiselle d'Amboise...

– Ma mère a perdu mes cinq frères et sœurs en bas âge, poursuivit Louis, et depuis la mort du petit Louis-François il y a cinq ans, elle ne s'est plus jamais trouvée grosse... Elle, qui a une foi si sincère, ne peut s'empêcher de se demander pourquoi le Ciel est si dur avec elle et si indulgent envers les enfants du péché... Et je crois que ce qui lui fait le plus de peine, c'est que ce nouveau-né soit une fille... Elle aimait très fort ma sœur, la *Petite Madame*, qui a vécu jusqu'à l'âge de cinq ans. C'était une enfant très mignonne, gaie, bavarde, touchante... Depuis que cette petite fille est... partie, on dirait que... C'est comme si... Elle... Elle ne s'était jamais...

Tout cela était bien triste, je ne savais que dire, comment s'y prend-on pour consoler le Dauphin de France ?... Je ne trouvai que ces mots :

– Je comprends, Monseigneur, dis-je très bas.

Je comprenais pourquoi Louis, ce soir, en colère contre son père, en état de révolte et de dégoût envers le système qui gravitait autour du Roi-Soleil, avait éprouvé le besoin de fuir Versailles et de venir chercher un peu de réconfort au seul endroit qui lui avait paru accueillant : dans la nuit, à cent pas des fenêtres de Marie-Louise.

Et d'un seul coup, je trouvai comment on console le Dauphin de France :

— Si Monseigneur parvient à quitter Versailles, je ne crois pas qu'il serait très difficile que *Mademoiselle* s'échappe un moment de son appartement à cette heure de la nuit, ou peut-être un peu plus tard pour davantage de sécurité.

Est-ce qu'ils n'en avaient pas assez, ces deux-là, de ne se parler que par lettre ou à mots couverts en présence de quinze témoins ?

— Comment voyez-vous cela ? interrogea Louis.

C'était une affaire très sérieuse et porteuse de véritables conséquences que je proposais là. Je m'en rendais bien compte.

— Les circonstances vont devenir exceptionnellement favorables. Je suis presque sûre que la maréchale de Clérambault, quand elle aura souhaité la bonne nuit à *Mademoiselle*, se retirera chez elle à l'autre bout du palais ou chez *Madame* pour faire une partie de piquet. Et, à mon avis, à moins que le monde ne s'écroule, elle ne se présentera plus chez Mademoiselle d'Orléans avant dix ou onze heures du matin. *Mademoiselle* pourra sortir de sa chambre par la fenêtre et y revenir aussi facilement que je le fais. Il suffira que je prenne sa place dans son lit. Je ferai semblant de dormir si par malchance il y avait une vérification inattendue, et voilà, c'est tout simple.

– C'est tout simple… Vous feriez cela, Eulalie ?

– Pourquoi non ? Si je suis surprise, je serai chassée de la Cour, je le sais, mais c'est un risque que je cours aussi à l'instant présent en me trouvant dans la forêt avec Monseigneur et non dans ma chambre. Et puis être chassée n'est sûrement pas plus désagréable que se faire étrangler par M. de Chalamar.

Pour la première fois de la soirée, le Dauphin sourit :

– Vous êtes drôle, Eulalie… Et quel culot vous avez !

Il songea un instant :

– Croyez-vous que *Mademoiselle* acceptera ?

– Cette question est si grave que je pense que c'est à Monseigneur de la poser lui-même. L'occasion devrait pouvoir se présenter si Monseigneur passe ici demain au cours de la chasse. Je crois seulement que nous devrions attendre quelques jours pour nous assurer que la maréchale de Clérambault est aussi coulante que je l'espère dans son métier de Première dame d'honneur remplaçante.

9

Léonidas

Pas de problème : elle l'était.

La maréchale était fort gentille et complètement dépourvue de l'instinct guerrier qui fait les vrais courtisans. Elle était la meilleure amie de *Madame* et s'en trouvait fort bien. Son vrai bonheur était de passer tout son temps en sa compagnie. Elle acceptait de remplir cette fonction de Première dame d'honneur remplaçante auprès de *Mademoiselle* pour rendre service et arranger tout le monde. Elle n'avait aucunement l'intention de pourchasser Marie-Louise, ni nous, les filles d'honneur, et encore moins de se fatiguer elle-même. Et comble de ses qualités, elle ne rapportait pas au Roi. Elle aurait sûrement rapporté à *Madame* si elle avait découvert chez nous des bacchanales déchaînées ou des inconduites monumentales, mais comme elle ne cherchait rien et qu'on pouvait se cacher d'elle le plus facilement du monde, le cas risquait peu de se produire. Quand je disais à Louis que les circonstances allaient pour un temps devenir exceptionnellement favorables !

Un peu comme une éclipse ou un phénomène astral rare et fugace.

Il y avait là une fenêtre de liberté à ne pas laisser échapper.

Et nous nous en sommes occupés en conscience.

Objectif : rencontre nocturne du Dauphin et de *Mademoiselle*, en toute liberté et sans nul témoin. Et dans le monde de la Cour du Roi-Soleil, ce n'était pas de la tarte aux mirabelles.

Le lendemain, vers quatre heures, au moment le plus chaud de l'après-midi, un bruit de galops de chevaux et d'aboiements se fit soudain entendre dans la cour d'honneur, c'était la cavalcade du Dauphin qui sortait du bois. Ce fut une surprise pour tout le monde, sauf pour Marie-Louise, Gaétane et moi qui guettions cette arrivée.

Madame sortit précipitamment sur son perron ; pour un peu, elle aurait eu sa plume à la main ; et contrairement aux ordres de son chirurgien, elle marchait maintenant sans canne, « qui lui donnait l'air d'une vieille », assurait-elle.

– Louis ! s'exclama-t-elle, quelle bonne surprise ! mais vous auriez dû vous faire annoncer. Nous ne sommes même pas habillées et nous n'avons rien préparé pour vous recevoir.

– Au diable tout cela, ma tante ! répondit Louis avec un bon rire gai. Nous sommes venus vous demander de l'eau, beaucoup d'eau, tout ce que vous aurez, pour nos chevaux, nos chiens et nous-mêmes, car nous sommes tous sur le point de mourir de soif. Nous sommes en selle depuis près de trois heures sous ce soleil.

– Grand Dieu !… Gaétane, Eulalie et, vous, Villers-Vermont, conduisez ces messieurs et leurs chevaux aux écuries et veillez qu'on remplisse en grand tous les abreuvoirs. Quand ces chevaux auront bu leur saoul, assurez-vous qu'on les desselle et qu'on les conduise à l'ombre sous les arbres, ils sont trempés d'écume… Et dites aussi qu'on nourrisse ces chiens quand ils auront bu, ils tirent la langue à faire pitié…

Louis avait bien préparé son affaire. *Madame*, l'amie des bêtes, était incapable de laisser à leur sort des animaux fatigués et assoiffés.

– Moi aussi, ma tante, je tire la langue à faire pitié, dit Louis du ton câlin qu'il savait prendre et auquel *Madame* ne savait pas résister, serez-vous aussi gentille avec moi qu'avec les chiens et les chevaux ?

– Entrez au salon, mon neveu. Madame la maréchale, faites apporter de l'eau et tout ce que vous imaginerez comme boissons fraîches… Avez-vous fait une bonne chasse, au moins, Louis ?

– Nulle, ma tante, lamentable ! répondit Louis en éclatant de son bon rire. Nous avons couru trois heures après un jeune cerf qui s'est joué de nous comme de jobards. Il nous a entraînés à deux ou trois lieues au-delà de Verrières, et quand nous avons été bien fatigués et à demi morts de soif, il a disparu dans un fourré, pffuit, volatilisé, bon retour chez vous, messieurs… Alors, comme nous étions moins loin de chez vous que de Versailles, nous sommes venus ici pour nous faire consoler et abreuver.

– C'est ce que j'appelle une très bonne chasse, mon neveu. Vous avez eu le plaisir de la forêt et de la course, et ce jeune cerf est présentement beaucoup plus joli tout vif dans le paysage que par terre, sanglant et déchiré par les chiens.

– Je pense comme vous, répondit Louis à mi-voix, mais il y a parmi mes compagnons des gens qui ne plaisantent absolument pas avec la chasse et qui sont à présent aussi furieux qu'on peut l'être. Tels que je les connais, ils en ont au moins pour trois jours de mauvaise humeur…

Et il éclata à nouveau de rire au bénéfice de *Madame*, qui sourit avec lui.

La suite du Dauphin s'était divisée en deux groupes, les plus jeunes qui se chargèrent de conduire les chevaux aux abreuvoirs sous notre direction à Gaétane et moi, et les importants, dispensés des corvées, qui se rendirent au salon avec *Madame*.

J'avais eu le temps d'observer qui accompagnait Louis aujourd'hui. Le duc de Montausier n'était pas là, les courses folles sous le soleil, ce ne devait plus être son délassement préféré. Mais il avait deux remplaçants de taille : son fils, M. de Montausier le fils, qui avait le rang de gentilhomme d'honneur du Dauphin, et son neveu et écuyer, chacun accompagné d'un page. Du côté de Louis, si je puis ainsi dire, il y avait mes quatre compagnons de l'armée secrète.

Montausier fils, je l'avais déjà aperçu deux ou trois fois. Je n'aurais pas su dire son âge, vingt ans peut-être, en tout cas nettement plus vieux que nous. Il parlait peu, il avait un visage maussade et des boutons d'adolescent qui semblaient avoir élu domicile sur sa personne pour la vie entière. Une belle tronche de garde-chiourme. Chalamar et mes amis l'avaient surnommé : « Oui-Papa ». Et par principe il était classé : niveau de méfiance maximum.

Le neveu, je le connaissais aussi, c'était lui que Montausier envoyait à sa place à la messe du matin. À l'époque, il ne s'était pas montré dangereux, il s'ennuyait profondément, dormait à moitié et s'était désintéressé de tout ce qui arrivait autour de lui. Mais cela ne voulait pas dire qu'en plein jour et sous le soleil il n'était pas beaucoup plus vivace et observateur. Il était toujours élégant et soigné, même après trois heures de cheval en plein midi. Au moins, il était agréable de sa personne, c'était toujours ça de gagné.

J'ai toujours adoré regarder les chevaux boire : le niveau de l'abreuvoir baisse silencieusement, c'est incroyable la quantité d'eau qu'ils peuvent absorber... Le cheval gris truité de Louis, sa soif assouvie, jouait avec l'eau, la remuait avec son nez et éclaboussait tout autour.

– Mon Dieu, qu'il est beau, admirait Villers-Vermont en le caressant sans se soucier de couvrir sa robe de bave, de sueur de cheval et de poils blancs et noirs, j'en voudrais un comme ça...

– Certes, nous voudrions tous, dit Saint-Aubin, ce n'est pas n'importe quel cheval, c'est Léonidas, le cheval de Monseigneur.

– Trois quarts arabe, un quart espagnol, renchérit Lavandin. Il doit valoir le prix de plusieurs arpents de forêt.

– Qu'importe son prix s'il est si beau ? Oui, tu es très beau et tu le sais... continua Villers-Vermont en flattant le chanfrein de Léonidas qui trouvait ces faveurs à son goût et se grattait avec force le front contre l'épaule de son admiratrice, comme font les chevaux quand ils ont eu chaud. Avez-vous vu ces cils ? On dirait ceux d'une dame élégante...

– Vous aimez les chevaux, mademoiselle ? s'enquit aimablement Saint-Aubin.

– Énormément, tant qu'on ne m'oblige pas à monter dessus.

– Vous n'aimez donc pas monter ? intervint Lavandin. Peut-être êtes-vous tombée et en gardez-vous une appréhension…

– Je ne suis jamais tombée et je n'ai pas l'intention que cela m'arrive. Je meurs tout simplement de peur quand je suis là-haut, dit Villers-Vermont en riant – elle riait toujours, pour tout et rien –, et pour me déplacer, il y a des voitures très commodes.

– On vous a mal enseignée, affirma Saint-Aubin d'un air docte. On ne vous a pas laissée développer votre confiance…

Bon ! Ils commençaient un peu à m'énerver tous les trois à roucouler et faire les jolis cœurs. On voyait bien que Soulencourt était partie… Contrairement aux apparences, nous n'étions pas en vacances ni en partie de plaisir. L'objectif de la journée était que Louis et Marie-Louise puissent échanger quelques mots sans être entendus, et c'était une opération difficile à mener. Mais notre joyeuse Villers-Vermont riait aux éclats, ravie de la présence de ces beaux garçons. Elle semblait bien décidée à profiter à fond de l'aubaine.

Mes compagnes trouvaient le séjour à Saint-Cloud reposant mais un peu solitaire. On manquait de compagnie ici. Cette troupe de joyeux garçons sortie de la forêt amenait de la vie et un galant remue-ménage. Cette constatation m'apporta comme sur un plateau une solution pour contrecarrer nos mouchards. Ils allaient se neutraliser les uns les autres !…

De retour au salon, je vis que Marie-Louise était en train de prendre les choses en main. Notre rêveuse se révélait femme de décision. *Madame*, de toute évidence, avait l'esprit ailleurs. Elle était heureuse de la présence de Louis, mais on l'avait arrêtée dans ses écritures. On avait coupé son inspiration. Sa plume l'appelait, c'était facile à deviner.

— Ma tante, dit Louis avec gentillesse, je suis fâché contre moi-même, je vois bien que nous vous dérangeons. Nous allons vous remercier pour votre accueil et vous laisser en paix.

— Louis, y songez-vous ? Comment pourriez-vous jamais me déranger ? J'ai une lettre à terminer, mais quelle importance ? elle attendra.

— Madame, intervint Marie-Louise, le courrier part ce soir et je sais à quel point vous regretteriez de le manquer. Allez finir votre lettre, je vais faire de mon mieux pour vous remplacer. Je ferai mon possible pour que mon cousin ne s'ennuie pas chez nous. Mme de Clérambault m'aidera.

— Vraiment, mes enfants ?… demanda *Madame* visiblement tentée. N'allez-vous pas me trouver bien inhospitalière ?

— Si vous ne retournez pas à votre lettre, ma tante, je serai obligé de partir, dit Louis, et j'en serai triste car on est bien chez vous.

Il se pencha à l'oreille de *Madame* et murmura pour elle seule :

– Je n'ai aucune envie de rentrer de bonne heure à Versailles, j'éprouve beaucoup de difficulté à faire bon visage au Roi ces jours-ci.

Il faisait allusion à la naissance de Mademoiselle d'Amboise, ce que *Madame* comprit parfaitement car elle hocha la tête et répondit, elle aussi très bas :

– Je comprends cela, Louis. Pour ma part, je suis heureuse d'être bien tranquille ici en ce moment. Ne voulez-vous pas rester pour le souper ?

– J'aimerais mais je ne le puis, ma tante. Il y a Grand Couvert ce soir.

Madame estimait qu'être roi ou prince donnait plus de devoirs que de droits, entre autres celui de l'exemplarité. Elle-même était d'une franchise et d'une honnêteté absolues. Elle aimait son beau-frère le Roi, mais elle détestait la bâtardise et le cynisme avec lequel il additionnait les enfants naturels. En effet, si elle s'était trouvée à Versailles, elle aurait eu bien du mal à ne pas dire tout droit sa pensée au Roi.

Tout le monde aurait bien voulu savoir ce que *Madame* et le Dauphin s'étaient dit mais c'était un privilège des personnes royales de se parler en particulier devant les autres, ce n'était pas considéré comme impoli. *Madame* se retira dans son cabinet pour achever son courrier ; à mon avis, elle y exposait à son amie la duchesse de Hanovre, sans mâcher ses mots, ce qu'elle pensait de la naissance d'une nouvelle bâtarde légitimée à Versailles. On m'avait dit qu'en Allemagne, tout en faisant mine de s'offusquer, on se régalait de la chronique scandaleuse de la Cour de France.

– Il faut que quelqu'un rentre à Versailles prévenir M. de Montausier que nous restons ici jusqu'au souper, afin qu'il ne s'inquiète pas, dit le Dauphin quand *Madame* se fut retirée. Messieurs de Chalamar et de Vesly, voudriez-vous me rendre ce service ?

Louis avait pris son grand air d'autorité calme qui le faisait ressembler à son père. Il avait parlé d'un service, mais il était évident qu'il s'agissait d'un ordre. Chalamar et le neveu se levèrent et saluèrent. Et moi, je venais d'apprendre le nom du neveu, c'était M. de Vesly.

Au demeurant, Louis agissait avec équité : il se débarrassait du neveu mais il se privait de son meilleur lieutenant et il gardait *Oui-Papa*, ce qui rassurerait le duc à Versailles.

On aurait dit l'ouverture d'une partie d'échecs : Louis échangeait un cavalier contre l'un de ceux de M. de Montausier, et il jouait avec une tour du duc dans son camp. Mais j'avais bien l'intention que les pions, les fous et les folles des deux couleurs jouent la suite de la partie contre toutes les règles, et immobilisent et aveuglent de leur mieux la tour dite *Oui-Papa*.

– Que diriez-vous d'une promenade dans le jardin, mon cousin ? proposa Marie-Louise, à moins que vous n'ayez eu assez de soleil pour la journée ?

– Je voudrais me conformer en tout à vos habitudes, répondit Louis. D'ordinaire que faites-vous à cette heure-ci ?

– Eh bien, justement, je me promène.

– Alors, nous vous ferons escorte, conclut Louis en se levant et en présentant le bras à sa cousine.

Très vive et prévenante ce jour-là, je m'arrangeai pour courir plus vite que mes consœurs chercher le chapeau et l'ombrelle de *Mademoiselle*. En les lui présentant, je murmurai, très vite et les yeux baissés :

– Il faut distraire chacun de ces messieurs. Qu'aucun ne reste seul. Surtout Montausier fils.

– Merci, Eulalie, dit-elle à haute voix en ouvrant son ombrelle et en battant des cils pour me confirmer qu'elle avait compris mon projet.

J'essuyai un regard noir des Cui-cuis, porter l'ombrelle de *Mademoiselle* était une de leurs hautes attributions. Non, à Versailles, il n'y avait pas de petite responsabilité.

– Je vous demande pardon, leur dis-je, j'ai cru bien faire. Je vous dois un service auprès de *Mademoiselle*. Voulez-vous prendre ma place tout à l'heure et tenir compagnie à *Mademoiselle* pendant son souper ?

Le troc était à leur avantage, le souper – allez savoir pourquoi – était considéré comme plus prestigieux que l'ombrelle… Elles acceptèrent mes excuses et me firent même une sorte de sourire pour sceller l'accord. Pour l'importance qu'il avait, ce souper !… Clérambault,

Tourly et Bernouville y seraient, alors pour ce qui était d'échanger des messages ou des heures de rendez-vous, c'était cuit d'avance.

Au moment de sortir, Marie-Louise nous retint un instant auprès d'elle :

– Mesdemoiselles, ordonna-t-elle à mi-voix, je tiens à ce qu'aucun de nos invités ne s'ennuie ou ne se sente exclu durant cette visite. C'est de votre responsabilité. Répartissez-vous et n'en laissez aucun tout seul.

– Oh ! s'exclama Villers-Vermont, pouvons-nous jouer à colin-maillard ? Je vous en prie, Votre Altesse, dites oui…

Colin-maillard ! Merveilleuse idée ! Merveilleuse Villers-Vermont, j'avais envie de l'embrasser… Mais c'était un jeu un peu osé entre jeunes gens et jeunes filles car le principe consistait quand même à s'attraper et se palper sans se connaître. Marie-Louise fit mine d'hésiter, et décida enfin :

– C'est entendu, mais la règle impose de ne se toucher que les mains. Qu'en pensez-vous, madame la maréchale ?

Madame la maréchale trouva la solution excellente et confirma que, dans ces conditions, colin-maillard était un jeu fort décent et amusant.

– Encore une chose, madame la maréchale, et vous, Tourly : occupez-vous, je vous prie, du jeune M. de Montausier. Je ne sais pourquoi, il a l'air triste et découragé et il demeure toujours seul. Je ne sais pas s'il aura envie de jouer, mais demeurez auprès de lui et essayez de ramener le sourire sur ses lèvres.

Ma princesse avait disposé ses troupes. Tout était prêt.

— Où souhaitez-vous aller, ma cousine ? demanda Louis.

— Savez-vous, Louis ? J'ai envie de visiter le labyrinthe avec vous.

En marchant dans les allées, les dédales, les charmilles, en passant sous les berceaux de glycines et de clématites, Louis promenait son regard autour de lui.

— C'est drôle, dit-il, rien n'a changé ici, pas même les parfums... Le magnifique palais de votre père a poussé mais ce labyrinthe est resté exactement comme il était autrefois, quand il n'y avait qu'une villa sur cette colline.

— Depuis combien de temps n'y étiez-vous pas entré, Louis ?

— Depuis longtemps... Nous étions encore des enfants. Je me rappelle que vous couriez très vite.

— Étais-je jolie, alors ?

— Vous n'étiez pas vilaine...

C'était un badinage que tout le monde pouvait entendre. Des compliments très permis entre un cousin et sa cousine qui firent sourire tout le monde, et particulièrement la maréchale qui se souvenait de ces temps charmants. *Oui-Papa*, à son bras, grimaça même une ébauche de sourire pour se mettre à l'unisson. Et ces

propos eurent l'immense avantage de créer l'atmosphère de détente que nous souhaitions.

– Qui veut jouer à colin-maillard ? cria bien haut Villers-Vermont.

Sans le savoir, elle nous rendait aujourd'hui plus de services que n'importe qui.

– Je commence, clama-t-elle en agitant une écharpe. Qui veut me bander les yeux ?

Il y eut bientôt un joyeux charivari de filles et de garçons qui se poursuivaient dans le jardin et le labyrinthe.

Louis et Marie-Louise ne participaient pas. Marie-Louise faisait redécouvrir à Louis le labyrinthe et leurs souvenirs d'enfants. Ils étaient suivis à quelques enjambées par *Oui-Papa*, lui-même encadré par la maréchale et Mlle de Tourly qui, en bonnes hôtesses, lui faisaient activement la conversation. Il avait l'air moins morose que d'habitude. La bonne éducation lui imposait de répondre aux histoires de familles, de mariages et aux potins versaillais qu'on lui déversait dans les deux oreilles. Encadré ainsi, il me semblait avoir peu de chance d'entendre ce que Louis et Marie-Louise se diraient. De plus, Marie-Louise portait son ombrelle avec désinvolture sur l'épaule, et le fin parasol de soie en se balançant allait et venait comme un écran entre elle et Louis et ceux qui les suivaient. Et enfin, comme un labyrinthe, par définition, cela tourne tout le temps, on les perdait régulièrement de vue pendant quelques secondes. Oui, c'était ce que l'on pouvait appeler des conditions de surveillance non optimales.

La société secrète était chargée d'entretenir un colin-maillard endiablé, de faire beaucoup de bruit, et de maintenir à distance les filles d'honneur de *Mademoiselle* et le page de Montausier fils. En courant, je pus jeter un rapide coup d'œil vers Louis et Marie-Louise : ils se parlaient avec gravité.

Nous avions monté un tohu-bohu comme on n'en voyait pas souvent à Versailles. Au point que la maréchale de Clérambault s'inquiéta soudain, c'était elle la responsable de ce vaste chambard après tout…

– Allons, allons !.. fit-elle en agitant les bras, en voilà assez, calmez-vous donc !

La pauvre n'avait pas deux sous d'autorité, personne ne l'écoutait.

– Mademoiselle de Tourly, et vous, Bernouville, vous êtes les aînées, ramenez vos compagnes à la raison !…

Mais je vis soudain que Louis et Marie-Louise se laissaient rejoindre. Ils arboraient un visage souriant de promeneurs tranquilles, mais je ne m'y laissais pas tromper. Ils avaient dans le regard quelque chose de profond et de déterminé. Ils avaient pris une décision. Tâche accomplie.

Nous pouvions arrêter notre chahut. J'obéis immédiatement à Mme de Clérambault, ainsi que Gaétane et les garçons de l'armée secrète. Ce fut drôle : les plus longs à se calmer furent ceux qui n'étaient au courant de rien, particulièrement Villers-Vermont et le page du fils Montausier qui s'amusait comme un fou et semblait ne jamais s'être trouvé à pareille fête. Ça, on ne devait pas rigoler tous les jours au service de *Oui-Papa*.

Je dus attendre la nuit noire pour connaître les résolutions arrêtées par Louis et Marie-Louise. Un peu après dix heures, un gravier vint heurter le volet de notre chambre. En appliquant toutes les recommandations de sécurité – l'épée à la main dirigée à trente degrés du sol, prête à attaquer comme à parer, arrêt à trois pas de la lisière, appel de la hulotte, réponse de la hulotte – je pénétrai dans la forêt et j'y trouvai Chalamar.

– Monseigneur et *Mademoiselle* se rencontreront ici, c'est-à-dire un peu plus profondément dans la forêt, à environ cent-cinquante pas par là-bas, dit-il à mi-voix en indiquant la direction, il y a une butte qui isole bien du palais.

Marie-Louise avait accepté de sortir en secret la nuit pour retrouver le Dauphin. Quand je disais que ma princesse avait du cran.

– Je prendrai donc sa place dans son lit ? demandai-je.

– *Mademoiselle* refuse. Elle ne veut pas vous exposer. Elle veut assumer complètement le risque qu'elle prend.

Je m'y attendais un peu, cela lui ressemblait bien.

– Alors, dis-je, je lui ouvrirai le chemin. Je pense que la meilleure solution serait qu'elle sorte par sa fenêtre et contourne le palais par l'extérieur. L'autre possibilité serait de sortir par ma chambre qui est plus proche de la forêt mais, à mon avis, il y a plus de danger de croiser quelqu'un dans les couloirs qu'à l'extérieur. J'irai frapper à sa fenêtre pour lui indiquer que la voie est libre.

– Le plan me paraît bon.

– Je prendrai mon habit de garçon. Si l'on nous aperçoit, je me laisserai voir pour faire diversion afin qu'elle puisse rentrer. On croira que je suis un page en quête d'aventure. On soupçonnera une de mes compagnes d'avoir un amoureux, mais on ne le trouvera jamais puisqu'il n'existera pas. Et Mme de Soulencourt nous tancera toutes sévèrement à son retour, ce qui n'a pas la moindre importance.

Chalamar hocha la tête :

– C'est bien pensé.

– Quand Monseigneur et *Mademoiselle* ont-ils décidé… ?

– Dans trois jours. Nous sommes samedi, cela sera mardi soir.

Ce délai me parut long, pourquoi attendre ? mais Chalamar expliqua :

– Demain et lundi, il y aura Grand Couvert et Appartement à Versailles, Monseigneur pourrait difficilement ne pas s'y trouver. En revanche, mardi, le Roi ira visiter son chantier de Marly. Toute la Cour y sera ; personne ne sait trop à quelle heure le Roi reviendra ; et le soir personne ne saura exactement qui est où... Voilà un message pour *Mademoiselle* – il me tendit l'habituelle lettre cachetée de bleu – il y en aura probablement d'autres demain et lundi. Je viendrai moi-même vous les porter et vous confirmer vos instructions. Par contre, Monseigneur ne reviendra plus dans la journée les jours prochains. Il est inutile d'attirer l'attention sur Saint-Cloud avant mardi soir.

L'opération était lancée.

10

Une société

CONTRE L'IMBÉCILLITÉ

Il y avait trois journées entières à attendre, calmes et banales en dehors des visites de Chalamar après la nuit tombée.

Le plan s'affinait. Le Dauphin et l'armée secrète s'introduiraient dans le parc vers minuit, *Madame* et la maréchale se couchaient tôt et en général dormaient à cette heure. Ils commenceraient par vérifier que les lumières étaient éteintes chez elles et dans toute l'Aile de Madame. Si c'était le cas, on lancerait un caillou contre ma fenêtre. Je sortirais habillée en garçon. Par le jardin, j'irais chercher Marie-Louise qui serait vêtue d'une robe noire, presque invisible dans la nuit. Elle porterait aussi un voile noir pour se dissimuler le visage en cas de surprise. Je la conduirais à la lisière du bois où nous attendrait Chalamar. De là elle rejoindrait la butte et le Dauphin. Et moi, j'irais rejoindre mon poste de garde. Les cinq membres de l'armée secrète seraient répartis autour de la butte, l'épée sortie. Chalamar commanderait du côté de la grande allée et d'Us du côté de la forêt, moins exposé, où je me trouverais. Nous serions à quarante pas au moins du Dauphin et de *Mademoiselle*, afin de ne rien pouvoir entendre de ce qu'ils se diraient.

J'avais proposé une disposition supplémentaire : Gaétane surveillerait l'intérieur du palais. D'ordinaire, la nuit, dans ce bâtiment où ne se trouvaient que des femmes, rien n'arrivait jamais, mais en cas d'événement anormal ou de danger possible, elle accourrait à la forêt pour nous prévenir.

Tout cela pouvait sembler bien du tintouin pour un rendez-vous entre deux amoureux, mais il faut se souvenir que Louis était le Dauphin, le futur Roi de France, et que tout ce qui le concernait était affaire d'État.

En attendant, les journées étaient belles, chaudes et calmes. L'après-midi, on ne nous demandait rien, encore moins que du temps de Soulencourt. Et Gaétane et moi avions tous les loisirs qu'il fallait pour aller nous baigner au bassin des fontaines.

J'essayais de ne pas trop penser à la nuit de mardi. Les plans étaient arrêtés. Je savais par cœur, instant par instant, ce que j'avais à faire. Les nuits étaient si paisibles à Saint-Cloud que tout devait se passer facilement. Mieux valait ne pas me créer d'angoisses en tournant et retournant sans cesse ce projet dans mon esprit...

J'admirais Gaétane qui, les pieds dans l'eau, travaillait sa musique, entièrement concentrée sur ses accords et ses harmoniques. Pendant un moment je caressais Ti-Tancrède, allongé à la place qu'il avait adoptée sous le genêt. Il était tout à fait d'accord pour les caresses mais ne changea en rien son attitude. Est-ce que je n'avais toujours pas compris, jeune humaine à courte vue, que lorsqu'on porte une fourrure, on laisse passer les heures chaudes en bougeant le moins possible ? Je pris mon livre, mais mon attention s'en échappa à la troisième ligne. Le mieux était finalement de m'exercer à l'escrime. J'enfilai ma plus vieille culotte de garçon – je l'apportais ici dans mon panier pour cet usage – et pris ma canne de bois.

Les pieds nus, je m'éloignai de quelques pas dans la forêt, sans trop savoir pourquoi, pour me promener un peu, pour chasser les pensées qui me poursuivaient, vaguement pour chercher un meilleur espace d'entraînement que du reste je ne trouvai pas... Je revins vers notre bassin et le petit gazon qui me servait de piste d'exercice.

C'est alors que je *le* vis... Un garçon en chemise blanche et culottes brun clair, baissé derrière un taillis, un genou posé par terre. Silencieux comme un animal des bois, il observait Gaétane.

Il devait devenir le plus grand amour de ma vie, mais comment aurais-je pu le deviner ?

Gaétane, vêtue seulement d'une courte chemise, ne se doutait de rien. Mais notre indiscret non plus ne se doutait de rien ; pieds nus, je suis très silencieuse.

J'aurais pu simplement lui crier de s'en aller, mais l'atmosphère dans laquelle nous vivions de surveillance, de méfiance, de crainte d'être dénoncés, me donna une véritable envie de savoir pour une fois à qui nous avions affaire. Ma première pensée fut qu'on avait chargé un page de l'équipe Montausier de nous surveiller. Ce qui aurait indiqué qu'on savait là-bas que je servais le Dauphin. Et ç'aurait été grave, compte tenu de l'événement qui devait avoir lieu deux jours plus tard.

D'un seul mouvement, je m'élançai. « Un combat se joue souvent en quelques courtes secondes. Il faut apprendre à utiliser votre corps comme une arme », avait dit Chalamar. De tout mon poids, je plaquai l'inconnu au sol et je plantai mon genou au milieu de son dos ; de ma main droite, je lui enfonçai la figure dans la terre et, de l'autre, je lui tordis le bras gauche en arrière. Effet de surprise et succès complets : il se retrouva immobilisé le visage dans la mousse et la poussière, plus préoccupé de relever la tête pour respirer que de se dépêtrer de moi.

– Mal élevé ! fis-je en appuyant plus fort sur sa tête, cela te plaît de regarder les jeunes filles qui se baignent ? Qui t'a chargé de nous espionner ?

Je le retournai d'un coup, sans lâcher son bras, en passant la pression de mon genou sur son torse. C'était un garçon de notre âge, treize ans pas plus, son visage était maculé de terre et de fourmis à la suite de mon traitement. J'ordonnai :

– Maintenant, dis qui tu es !

– Monseigneur !… murmura Gaétane qui était accourue, effarée.

– Quoi, Monseigneur ?… demandai-je. Monseigneur comment ?

– Monseigneur le duc de Chartres ! Mais laisse-le donc, buse !

Le duc de Chartres !… J'en demeurai stupéfaite autant qu'on peut l'être. Le fils de *Monsieur* et de *Madame*. Le demi-frère de *Mademoiselle*. Le premier prince du sang après *Monsieur* et le Dauphin. Je ne l'avais encore jamais vu : il se trouvait avec son père à l'armée des Flandres… Depuis mon coup d'épée à Lavandin, on pouvait dire que j'avais une façon très à moi de faire connaissance avec les gens, ici… Mais aussi, qu'est-ce qu'il faisait dans ce bois, tout seul, à quatre pattes dans les buissons, sans gouverneur ni écuyer ?

Mon prisonnier ne semblait pas spécialement impressionné par les sévices que je venais de lui infliger.

– Quel garde du corps vous avez, Gaétane ! émit-il ; mais, euh, maintenant, pourriez-vous demander à votre bull-dog de me lâcher ?

– Lâche-le, qu'attends-tu ? me lança Gaétane ; mais elle se ravisa : Oh ! et puis finalement, non... Tiens-le encore quelques instants comme ça, s'il te plaît...

Elle courut au bassin, saisit sa robe, l'enfila en un instant et revint en la laçant.

– Maintenant, tu peux le lâcher... dit-elle. Pour toi, c'est trop tard, il t'a déjà vue en garçon. Cela t'apprendra à sauter sur les gens sans prévenir.

Le duc se releva.

– Vous permettez ? demanda-t-il.

Il alla s'agenouiller au bord du bassin et se lava la figure et le cou à grande eau. Puis il ôta sa chemise et, torse nu, puisant de l'eau dans ses mains, il se frotta les épaules et le dos.

– Excusez-moi, fit-il en repassant sa chemise, mais vous m'aviez mis des fourmis jusqu'au milieu du dos.

– Pardonnez-moi, Monseigneur ! dis-je. J'ai cru, je..., j'ai cru que...

– On pouvait se tromper, concéda-t-il. Mais je puis vous assurer que je ne suis pas venu ici pour vous suivre ou vous espionner. Il fait chaud, je suis venu pour me baigner. Moi aussi, je connais ce bassin. J'ai été surpris de voir que la place était déjà prise. Et puis, j'ai reconnu Gaétane et j'ai voulu entendre ce qu'elle jouait. Je voulais m'assurer qu'elle n'était pas devenue meilleure musicienne que moi. Et à ce moment, j'ai reçu une espèce de chat furieux sur le dos.

Je fis une révérence un peu bizarre car j'étais pieds nus et en pantalons de garçon.

– Je prie Monseigneur de me pardonner. Je suis Eulalie de Potimaron. Je suis fille d'honneur de votre sœur, Mademoiselle d'Orléans.

– Ah ! alors c'est vous, Eulalie, l'élève de Chalamar !... Du reste, j'aurais dû m'en douter : ces méthodes de combat à mains nues... Il doit être content de vous, dites-moi ?...

J'ouvris des yeux ronds comme des soucoupes. Comment savait-il cela ? Notre société secrète était donc aussi peu secrète ?

– Rassurez-vous, ajouta-t-il en voyant mon inquiétude, c'est mon cousin Louis qui m'a parlé de vous. Je l'ai vu ce matin. Moi aussi, je fais partie de la société secrète, mais avec un statut un peu particulier, je ne suis pas obligé d'être aux réunions et je ne suis pas non plus obligé de suivre les entraînements du vicomte de Chalamar.

– Ah !... dis-je – en fait, je ne savais pas trop quoi dire – eh bien, non, je... je ne crois pas que M. de Chalamar soit content de moi... Il est très exigeant.

– Cela fait partie de ses méthodes. Vous verrez : ses idées sur le combat non orthodoxe et la capacité d'adaptation sont intéressantes, il y a beaucoup à apprendre. Et votre attaque était bien menée. Je ne vous ai pas du tout entendue venir.

– Merci, dis-je, et pardon pour les fourmis.

– Depuis quand êtes-vous rentré, Monseigneur ? demanda Gaétane.

Gaétane semblait bien connaître le duc de Chartres. Elle m'avait caché ça. La traîtresse : ne pas m'avoir raconté une chose pareille !... Il fit celui qui s'étonne :

– « Monseigneur » ? Je vous ai fait quelque chose ? Vous ne m'appelez plus « Philippe » ?

Quand je disais qu'ils se connaissaient bien... Gaétane sourit et répéta :

– Quand êtes-vous rentré, Philippe ?

– Hier soir, assez tard. Et ce matin je suis allé comme il se doit à Versailles présenter mes respects à mon oncle le Roi, qui ne m'a pas reçu parce qu'il était en Conseil, et c'est tant pis pour lui parce que je lui apportais de la part de mon père une nouvelle qui valait la peine, et j'avais fait la route plus vite que le courrier officiel. Alors, je suis allé voir mon cousin le Dauphin qui aura appris ma nouvelle avant son père. Et Sa Majesté en sera fort vexée car elle déteste ne pas être informée la première.

– Avons-nous aussi le droit de connaître cette nou-velle ? demanda Gaétane.

– Bien entendu, c'est une nouvelle publique et en prin-cipe un sujet de réjouissance nationale. Du reste, le cour-rier officiel doit être arrivé, maintenant. Mon père et le maréchal de Luxembourg ont gagné la bataille de Cassel.

– Une vraie bataille ? demandai-je.

– Une vraie bataille, contre les troupes du prince d'Orange. Mon père a chargé en personne à la tête de la cavalerie. Les Hollandais se sont retirés en désordre et il leur faudra un moment pour se remettre de cette déroute. Nous avons fait reculer la frontière au-delà de Saint-Omer. C'est une vraie victoire, conclut Philippe, qui devrait assurer la paix pour une ou deux années.

Gaétane et moi avons regardé le jeune duc de Chartres avec respect. Et dire que dix minutes plus tôt, je lui avais enfoncé la figure dans les aiguilles de pin et les fourmis...

– Y avez-vous participé ? demandai-je encore.

– Non. J'ai seulement regardé depuis une colline. Mon père m'a interdit de m'exposer. « Un seul suffit », a-t-il dit.

– Pourquoi êtes-vous revenu si vite ? questionna Gaétane.

– Pour rassurer ma mère et lui apprendre avant tout le monde la victoire de mon père. Mon père, depuis le début de cette campagne, a fait disposer des chevaux lui appartenant dans tous les relais entre Valenciennes et Saint-Cloud. Ses chevaux sont meilleurs que ceux de l'armée, c'est ainsi que j'ai devancé le courrier. Et puis, cela faisait deux mois que j'étais là-bas, j'en avais assez de la guerre, de la saleté et des blessés.

– Vous n'aimez pas cela ? interrogea Gaétane.

Il réfléchit un moment :

– Non, dit-il enfin, c'est une vie monotone, on s'ennuie beaucoup... Mais pourtant, par moments, malheureusement, on se laisse prendre à ce jeu incroyable et violent, et on a l'impression que rien ne pourrait être plus passionnant… Quand mon père a chargé, mon cœur battait comme un fou, non pas de peur qu'il se fasse tuer, je n'y pensais même pas, ou du moins, bizarrement, cela n'avait plus aucune importance… Mais d'excitation, de fureur, de désir qu'il gagne, qu'il culbute le plus de Hollandais possible, et de désir d'être avec lui.

– « Malheureusement » ? releva Gaétane.

– Oui… Je suis très fier du succès de mon père, mais dans cette affaire beaucoup de braves gens ont été tués à qui il était bien égal que la frontière passe en deçà ou au-delà de Saint-Omer. Cette ligne de frontière, elle n'a pas arrêté de bouger au cours des siècles et elle bougera encore… Du moins, c'est ce que pense mon père. Et aussi, si je suis parti si vite, c'est que je n'avais nulle envie d'entendre les cris des blessés qu'on ampute. Il paraît que c'est atroce. Je n'avais aucun désir de vérifier.

Nous étions assis tous les trois sur le bord du bassin.

– Je pense comme vous et Monseigneur d'Orléans, déclara Gaétane. En l'an 911, on a décidé que la rivière d'Epte – elle coule tout près de chez moi – marquerait la frontière entre la France et la Normandie, qui fut d'abord viking et ensuite anglaise. Pendant deux ou trois cents ans, on s'est battu le long de cette rivière, plusieurs de mes ancêtres s'y sont fait tuer, on a brûlé des villages… Mais aujourd'hui, cette rivière est excellente pour s'y baigner et pêcher la truite, tout le monde a oublié qu'on y a tant bataillé, elle n'est plus la limite de rien du tout. Alors, les lignes de frontière…

Le duc de Chartres se pencha pour attraper les partitions de Gaétane.

– Voyons votre musique, c'est plus intéressant que les maisons brûlées et les amputés… Vous permettez ?… C'est cela que vous jouiez tout à l'heure ? C'est la chaconne que vous avez commencée cet hiver ?

– Non, je l'ai laissée de côté ces temps-ci. C'est un nouveau morceau, une allemande.

C'était « notre » allemande. Celle du coucou. Suivant des yeux les portées et les notes, le duc de Chartres fredonna le morceau, marquant la mesure d'un doigt. Ayant terminé, il hocha la tête, appréciateur, un sourcil levé plus haut que l'autre.

– Alors ? demanda Gaétane. Est-ce… joli ?

Sa voix s'était teintée d'angoisse. Elle est toujours très nerveuse quand elle fait entendre ou lire ses propres œuvres. Le duc hocha encore une ou deux fois la tête en silence, puis l'avis tomba :

– C'est beaucoup plus que joli. Vous devenez si savante que cela ne se voit même plus. C'est bien ce que je craignais : vous êtes meilleure que moi, Gaétane.

– Non pas ! je travaille plus que vous, c'est tout.

– Vous êtes meilleure et vous travaillez plus. Avec ce voyage dans les Flandres, il y a deux mois que je n'ai pas touché à mon clavecin.

– Quelle honte ! doué comme vous l'êtes… Et ce morceau auquel vous travailliez cet hiver ?

– Jeté au panier, dit-il en éclatant de rire, j'en étais vaniteusement très fier jusqu'à ce que je me rende compte que j'avais sans m'en apercevoir réécrit un morceau de Lulli.

Une question m'intriguait.

– Monseigneur… commençai-je.

– « Philippe », corrigea-t-il.

– Je… je vous demande pardon ?

– Nous sommes bien tranquilles ici, appelez-moi Philippe, je préfère ; les « Monseigneur » me fatiguent.

– Je ne sais pas si j'oserai, Monseigneur.

– Gaétane ose, et pourtant elle ne s'est jamais permis de me casser à moitié le bras et de m'enfoncer la tête dans les fourmis. Imaginez que c'est Chalamar qui vous l'ordonne avec son air : « On m'obéit et c'est tout ! »

Je ne pus faire autrement que rire.

– Je vais essayer d'imaginer, Monseigneur.

Je fermai les yeux et pris une inspiration pour me donner de la fermeté, puis je tentai de revenir à ma question :

– Philippe… énonçai-je.

– Vous voyez que ce n'est pas difficile.

Cette fois, il me fit rire pour de bon.

– Philippe, répétai-je (je commençai à y arriver), comment êtes-vous si… si tranquille ? si seul pour vous promener ?

– Je crois que je pourrais vous poser la même question. Et pas trop vêtues, m'a-t-il semblé – oh ! de loin… – quand je suis arrivé.

– Pour nous, ce n'est pas compliqué, répondis-je, Mme de Clérambault ignore complètement que nous sommes ici, et ne se pose même pas la question. Et pour ce qui est de nous baigner en chemise, jusqu'à ce jour nous n'avions jamais rencontré personne.

– Vous vous demandez pourquoi je n'ai pas un duc de Montausier attaché à chacun de mes pas ?... Je suis incroyablement plus libre que mon cousin. D'abord, je ne suis que le neveu du Roi, pas son fils. Sa Majesté ne souhaite pas que je redresse la crête avec excès, alors je n'ai droit qu'à une suite très réduite. Au regard de la Cour, c'est une humiliation ; mon avis est que c'est un bonheur. J'ai aussi des parents exceptionnels, qui aiment la liberté pour eux-mêmes et donc protègent la mienne. Et puis, mon gouverneur est le meilleur homme du monde.

– M. de Saint-Laurent ? demanda Gaétane.

– Il sait tout, les langues, les sciences, la musique... Il pense qu'on doit apprendre les choses en les voyant, il me fait prendre des leçons chez des savants de ses amis, un chimiste, un botaniste... C'est lui qui a convaincu mon père de m'emmener dans les Flandres. Il dit qu'un prince qui aura un jour la charge de commander des hommes doit voir la guerre telle qu'elle est, sans roman d'aventures ni imagination héroïque... Mais mon pauvre duc devient vieux, il a des douleurs dans les membres, même se déplacer en voiture lui est pénible maintenant... Alors, il se fait aider par mon sous-gouverneur, l'abbé Dubois, qui, lui, m'accompagne partout.

Je regardai machinalement autour de nous, comme si je m'attendais à voir cet abbé sortir du bois.

Philippe de Chartres haussa les épaules :

– Partout jusqu'à un certain point… L'abbé fait la sieste dans sa chambre, si vous voulez tout savoir… Nous revenons de la guerre, tout de même… ; il sait bien que pour me promener dans le parc de Saint-Cloud, que je connais depuis que je sais marcher, je n'ai pas besoin d'une nounou.

– Monseigneur ?… demandai-je encore.

– Philippe !

– Pardonnez-moi… Philippe, comment faites-vous partie de la société secrète du Dauphin ?

– On peut presque dire que Louis et moi l'avons fondée ensemble… L'organisation de Versailles repose sur un système d'espionnage et de dénonciations qui remontent toutes au Roi. La société secrète nous aide à nous en protéger. Et puis, si Louis mourait, je deviendrais le premier héritier de la couronne à sa place : cela suffit pour que la plupart des gens croient dur comme fer que nous nous détestons. Dans l'armée secrète du Dauphin, je me mets loyalement sous ses ordres et nous partageons nos secrets. En fait, c'est une société contre l'imbécillité.

11

La lune
À SA MOITIÉ

Dans la nuit de mardi à mercredi, tout se passa aussi simplement que possible. Vers minuit et demi, un petit caillou jeté dans mes volets m'avertit que l'opération pouvait commencer. Longeant les murs, j'allai gratter à la fenêtre de Marie-Louise. Elle m'attendait et se glissa dehors aussi tranquillement que si elle avait déjà fait cela cent fois. Le château dormait, aucune lumière ne brûlait plus nulle part. Sans bruit, nous avons gagné la forêt. Marie-Louise partit rejoindre Louis, et moi mon poste de garde.

Tout semblait facile à un point qui m'étonnait presque après la quantité d'émotions que j'avais éprouvées à l'avance.

Debout près d'un arbre, je ne bougeais pas, attentive à tous les sons. Mais l'on n'entendait rien hors les bruits de la forêt, et particulièrement un grillon qui chantait non loin de moi. La lune à sa moitié donnait un peu de lumière, assez pour distinguer les arbres. Louis et Marie-Louise se trouvaient à quarante pas, je ne les entendais pas, je les devinais plutôt. Je me trouvais la dernière au bout de notre ligne de défense. À vingt-cinq pas environ sur ma droite, je savais qu'il y avait d'Us, aussi immobile et aux aguets que moi.

Philippe, le duc de Chartres, n'était pas là. L'attachement entre sa demi-sœur et son cousin ne le gênait en rien, au contraire même, mais il ne souhaitait pas se trouver dans une situation qui pouvait l'amener à mentir à ses parents. La soirée s'annonçait calme, notre opération avait été préparée sans lui ; en accord avec le Dauphin, il avait prétexté la fatigue de son voyage et faisait celui qui n'était au courant de rien.

Et, en effet, Gaétane et lui se connaissaient. Elle m'avait raconté cela au début de la soirée. Il l'avait un jour entendue jouer, il était lui-même musicien, ils avaient passé l'été précédent à rivaliser dans leurs compositions.

– Il est doué d'une manière étonnante, m'avait-elle dit, mais il ne travaille que quand ça lui chante et ça ne lui chante pas souvent. Il compose une chose magnifique, mais, à la moitié, il s'arrête parce que cela l'intéresse soudain moins qu'une expérience de chimie qui pourrait faire sauter deux pièces de la maison et qui devient pour lui beaucoup plus importante que n'importe quoi d'autre.

Gaétane s'exprimait avec sévérité. Elle ne plaisantait pas avec le travail ni la musique. Je ne répondis rien. Moi, il me semblait que j'aimais bien la manière d'être de Philippe...

La lune, voilée par les feuillages, éclairait à peine la minuscule clairière dans laquelle se trouvaient Louis de France et Marie-Louise d'Orléans.

Pour la première fois, ils pouvaient se regarder dans les yeux et se tenir les mains, aussi longtemps et aussi intensément qu'ils le souhaitaient, sans se sentir pourchassés, raidis, ni menacés par le danger d'être observés. La nuit était sombre, ils s'approchèrent très près afin de pouvoir distinguer chacun le visage de l'autre. Leurs lèvres se joignirent, ils échangèrent un long baiser, celui qu'ils attendaient depuis des semaines et même des mois ; un baiser qui était à la fois une promesse, un instant d'éternité, un témoignage et un serment.

Louis enlaça Marie-Louise et la serra contre lui.

– Je vous aime Marie-Louise, murmura-t-il enfin, je vous l'ai déjà écrit, mais je vous le dis encore. Je vous aime et, si vous le voulez aussi, je voudrais vous épouser.

– Je vous aime, Louis, et je vais plus loin que vous : je n'épouserai que vous.

– J'attendais votre permission pour prononcer le même serment : je n'épouserai que vous, Marie-Louise.

L'image du Roi-Soleil, son autorité, sa raison d'État et le terrible pouvoir moral qu'il exerçait sur tous ceux qui l'entouraient, flotta pendant un instant entre eux. Marie-Louise allait dire quelque chose, mais Louis posa très doucement un doigt sur les lèvres de sa cousine.

– Ne dites rien, je sais à quoi vous pensez. Personne ne pourra obliger le Dauphin de France ni la petite-fille d'Henri IV à revenir sur un serment solennel. Et pas un roi qui piétine aussi ouvertement les obligations de son propre mariage... Nous sommes liés, maintenant. Donnez-moi quelques heures, Marie-Louise, et je vous proposerai une manière d'agir.

– Quand nous reverrons-nous ?

– Demain.

– Est-ce prudent, Louis ?

– Le roi sera à Maintenon, la soirée sera la plus tranquille de l'année.

Auprès de mon arbre, j'entendis le cri de la chouette et les pas de quelqu'un qui approchait. C'était d'Us.

– Vous pouvez raccompagner *Mademoiselle*, murmura-t-il. Lavandin a reconnu le chemin jusqu'à sa chambre, tout est calme. Nous attendrons que vous soyez rentrée dans la vôtre pour partir. Nous renouvelons la même opération demain. Les dispositions seront les mêmes.

– Demain ?

– Demain. À la même heure. Le Roi a annoncé qu'il allait chasser vers Rambouillet et Clairefontaine. En vérité, il se rend à Maintenon pour voir Mme de Montespan. C'est pour nous une opportunité parfaite.

12

ℒe sort

DE L'HUMANITÉ

Louis et Marie-Louise se trouvaient dans la même clairière, déjà familière. Les arbres qui les entouraient semblaient être les témoins muets et solennels des serments échangés.

– Qu'allons-nous faire, maintenant, Louis ?

– Parler à nos parents. Mettre le Roi et *Monsieur* devant le fait accompli de notre décision.

– Quand pensez-vous… ?

– À la fin de l'été. Il faut prendre patience et attendre, Marie-Louise… J'y ai réfléchi sans cesse depuis hier soir. Le retour de votre père après la victoire de Cassel n'est pas un moment favorable pour nous.

– Pourquoi donc ? Au contraire... Mon père a rendu un grand service au pays. Le Roi devrait être plus que jamais disposé à honorer son frère en faisant de sa fille sa belle-fille.

– Les choses ne sont pas aussi logiques, Marie-Louise. Le Roi va faire bonne figure à *Monsieur*, l'embrasser et le féliciter, mais, au fond de lui, il est plein de ressentiment.

– Parce que mon père a gagné la bataille ?

– Oui. C'est compliqué... Le Roi est sincèrement heureux de cette victoire de la France, mais il ne pensait pas qu'il y aurait cette année une bataille décisive. Il ne s'attendait qu'à des mouvements de troupes sans conséquence. C'est pour cela qu'il a envoyé votre père commander là-bas... S'il avait prévu ce qui allait se passer, il aurait été sur place et c'est lui qui aurait gagné la bataille... Croyez-moi, il faut laisser passer l'été et attendre que la gloire neuve de votre père perde un peu de son éclat. Après Chambord et Fontainebleau, le Roi sera plus détendu ; faites-moi confiance, je le connais. Il faut choisir le meilleur moment pour lui parler.

Un soudain bruit d'épées qui se heurtaient les arrêta net.

Le bruit d'épées, c'était moi.

Comme la veille, j'attendais postée près de·mon arbre. Je dois dire que je rêvais un peu. J'attendais que Louis et Marie-Louise finissent de se dire tout ce qu'ils avaient à se dire. La nuit précédente avait été si tranquille que je n'étais pas vraiment sur mes gardes. Mais, soudain, une branche craqua sur le sol et me ramena à la réalité : quelqu'un – une ombre – se trouvait à cinq ou six pas de moi à peine. Courbé en avant, lentement, pas à pas avec précaution, il progressait vers l'endroit où se trouvaient le Dauphin et Marie-Louise. Apparemment il ne se doutait pas de ma présence et passa tout près de moi sans me voir.

– Halte ! murmurai-je en me plaçant en garde, n'avancez plus, levez les mains et dites qui vous êtes !

C'était ce qu'il était convenu d'ordonner dans les circonstances que je rencontrais. Personne ne devait approcher du Dauphin et de *Mademoiselle*. Personne ne devait les reconnaître.

L'ombre se redressa d'un coup et, dans le même instant, j'entendis le bruit d'une épée qu'on tire du fourreau. Mon adversaire était plus grand que moi. Nettement. Mon épée était déjà en place, j'attaquai la première. Il para avec sa force d'adulte, me rejetant sur le côté. Je ne voyais de lui qu'une silhouette opaque, mais j'avais la chance d'avoir la lune dans mon dos : la lame de son épée reflétait par instants son éclat, ce qui me permettait de la voir. C'était un avantage considérable car lui ne voyait rien de la mienne. Ayant paré, il attaqua en force, mais je le vis venir et j'esquivai sur le côté en plongeant dans l'ombre. Mécontent d'être tenu en échec par une demi-portion – je pense que tout ce qu'il voyait de moi était ma taille – il attaqua à nouveau, mais trop fort et en s'avançant avec imprudence. Alors, je frappai à fond. Et je ressentis une sensation effrayante : la lame de mon épée s'enfonça dans quelque chose qui était à la fois mou et ferme, sans rencontrer de vrai résistance, je n'avais encore jamais éprouvé cela... Au même instant, je sentis une vive piqûre au creux de mon épaule gauche. Une guêpe ou un frelon, pensai-je fugitivement. Mais non, bien sûr ! moi aussi j'étais touchée...

Des pas rapides accouraient vers nous, on venait à mon secours. Mon adversaire s'évanouit dans la nuit. Je savais que j'aurais dû le poursuivre, mais je ne vis pas vraiment par où il partit, et je me sentais soudain bizarrement figée, comme dépourvue d'impulsion...

– Où est-il ? demanda d'Us.

J'indiquai une direction avec mon épée :

– Par ici, je crois...

D'Us disparut dans l'obscurité, à la poursuite du fuyard, rapidement suivi par Saint-Aubin, puis par Chalamar qui passèrent devant moi en courant. Mais, à travers les arbres, assez loin, j'entendis un hennissement, puis le galop d'un cheval qui s'éloigna et s'éteignit dans le lointain.

– Qui était-ce ?

Louis était debout près de moi.

– Je ne sais pas. Il était plus grand et plus lourd que moi. Où est *Mademoiselle* ?

– En sécurité. Lavandin et moi venons de la reconduire jusqu'à sa chambre. Du côté du château rien n'a bougé, tout est calme.

Machinalement, je tenais mon épaule douloureuse dans ma main droite. Je n'avais pas lâché mon épée. Je tremblais un peu.

— Vous êtes blessée ? demanda le Dauphin.

— Je crois.

— Avez-vous très mal ?

— Pas tellement.

— Asseyez-vous, adossez-vous à l'arbre, ordonna le Dauphin en m'enlevant mon épée de la main.

Il prit mon poignet gauche et de l'extrémité de ses doigts il chercha les deux pouls.

— Ils passent bien, dit-il enfin, les artères sont intactes... Pouvez-vous remuer tous les doigts ?

Je m'exécutai.

— Les nerfs vont bien aussi. Lavandin, éclairez-moi !

Il sortit de sa poche un rat-de-cave, une mince bougie roulée sur elle-même. Marc fit battre un briquet à silex, une faible lumière nous éclaira. Louis sortit son couteau de chasse et trancha le tissu de mon pourpoint en regard de ma blessure. Le vêtement se trouva pour ainsi dire séparé en deux morceaux. Un vêtement de garçon de perdu... Et je n'en possédais pas tant que cela. Quelle chance qu'il ne se soit pas agi de mon beau costume bleu...

— On dirait que l'épée a rencontré la clavicule, dit-il, vous n'avez pas toussé ni craché de sang ?

— Non.

— Inspirez à fond.

Respirer tirait sur ma plaie, mais ne me provoqua aucune toux.

– C'est bon, dit Louis en dénouant sa cravate qu'il roula en boule et appliqua contre ma blessure. Donnez-moi la vôtre, Lavandin.

Avec celle de Marc, il noua aussi serré que possible ce pansement de fortune autour de mon épaule.

– Cela arrêtera le sang. Qu'avez-vous vu de celui qui vous a attaquée ?

– Presque rien. Il marchait avec beaucoup de précaution. Il est passé près de moi sans me voir, je lui ai ordonné de s'arrêter et de se faire connaître mais il a tout de suite tiré son épée.

– Il savait où il allait ? Il avançait tout droit vers la butte ?

Je réfléchis, essayant de revoir très précisément les instants qui avaient précédé le combat.

– Non, répondis-je enfin, il m'a semblé qu'il cherchait son chemin. Il s'arrêtait sans cesse pour écouter et il avançait plutôt en zigzag.

– Il a dû nous suivre depuis Versailles, dit Chalamar qui sortait de la forêt, les deux autres sur ses talons. Il avait laissé son cheval à l'opposé des nôtres, près du chemin qui va au village de Saint-Cloud, et, étant parti de ce point, il nous cherchait.

Je comprenais l'importance de la question du Dauphin : si l'inconnu cherchait sa direction, c'est qu'il avait suivi les garçons ; s'il s'était rendu tout droit à la butte, cela aurait signifié qu'il connaissait le lieu du rendez-vous, et donc, sans doute, que l'un de nous avait parlé.

– Il était seul ? demanda Louis.

– Probablement. Il n'y avait les traces que d'un seul cheval… Eulalie, qu'avez-vous vu de lui ? Même dans l'obscurité, il y a peut-être eu des signes qui vont nous permettre de le reconnaître.

– Il était grand, c'était un adulte, j'en suis presque sûre.

– C'est un coup bas de *Oui-Papa*, ça y ressemble… grogna Lavandin.

– Nous n'en savons encore rien, répliqua le Dauphin.

Moi aussi, sans le dire, depuis un moment je songeais à *Oui-Papa*… Je continuai :

– Il attaque à l'épée trop fort et imprudemment pour un homme de son poids, surtout dans l'obscurité, et, en tout cas maintenant, il a un signe distinctif bien net : il est blessé.

– Vous l'avez touché ?

– Oui, au ventre, je crois.

– Eh bien, ma douce amie ! s'exclama soudain Lavandin en ramassant mon épée sur le sol et en l'éclairant avec sa bougie, vous ne l'avez pas touché, vous l'avez transpercé !

La lame de mon épée était maculée de sang sur un tiers de sa longueur. Il y eut un silence. J'éprouvai une sorte de vertige, c'était bien moi qui avais fait cela ?

– Vous lui avez mis trois pouces de fer dans la panse, continua Lavandin. Ventredieu, quand je pense que je me suis battu en duel contre vous !... La prochaine fois, je m'excuserai avant même de commencer à vous insulter...

Il cracha sur ma lame et essuya le sang avec une poignée de mousse, puis il termina le travail avec son mouchoir et me la rendit.

— Tenez, dit-il, il est inutile qu'on sache qu'elle a servi ce soir.

— Il n'est sans doute pas allé loin avec une blessure pareille, observa Chalamar. Il est peut-être quelque part dans un fossé entre ici et le village ; ou, s'il a réussi à l'atteindre, il est chez le chirurgien.

— Juste ! fit le Dauphin. Chalamar et Saint-Aubin, allez voir à Saint-Cloud si personne n'est en train de se faire soigner chez le chirurgien ou l'apothicaire... D'Us et Lavandin, nous raccompagnons Eulalie jusqu'à sa chambre. Vous pourrez marcher ?

— Oui, Monseigneur, c'est une blessure sans gravité.

— Vous êtes très pâle.

— Pour dire la vérité, Monseigneur. Je... je n'avais jamais...

— Dites-vous qu'il vous aurait fait pis s'il avait pu. Et que lui n'en aurait pas été troublé un instant.

Avant de franchir la lisière du bois, Louis chercha dans sa poche et me remit un flacon plat recouvert de cuir :

— C'est de l'eau-de-vie. Arrosez-en votre blessure et refaites un pansement avec du linge très propre.

— Oui, Monseigneur ; Gaétane de Sainte-Austreberthe sait très bien faire cela.

– Un conseil, ajouta Lavandin, buvez-en deux ou trois gorgées avant le pansement pour étrangler la douleur ; c'est de la très forte ; sur la plaie cela va faire… disons, un peu mal.

– Chalamar passera tout à l'heure pour prendre de vos nouvelles, un moment avant le jour. Ne vous levez pas, laissez-lui seulement la fenêtre entrouverte. Maintenant, allez, Eulalie ; faites-nous signe de la main pour nous indiquer que nous pouvons partir.

Je traversai la prairie, me glissai derrière mon volet et levai une main dans l'ouverture pour dire que tout allait bien. Je me sentais soudain fatiguée à ne plus pouvoir faire un pas. Je gagnai mon lit et m'effondrai dessus. Le sort de l'humanité entière m'était égal. Dans l'immédiat, mon lit était la seule chose au monde qui m'importait.

13

L'ami

TI-TANCRÈDE

– Vous êtes restés très longtemps, que s'est-il passé ? demanda Gaétane qui m'attendait.

Elle alluma une bougie qu'elle posa par terre, derrière la tête de son lit, afin que la lumière ne soit pas visible de l'extérieur.

– On n'a rien entendu depuis le château ? marmonnai-je, la tête enfoncée dans mon oreiller, sans même ouvrir les yeux.

– Rien. Mais dis-moi ce qui est arrivé !…

– Quelqu'un a suivi le Dauphin. Il voulait savoir qui il allait rejoindre.

– Il a vu *Mademoiselle* ?

– Non. Il est passé près de moi dans la forêt. Je l'ai arrêté et il s'est enfui, mais ce bâtard a eu le temps de me donner un coup d'épée dans l'épaule.

– Tourne-toi et montre.

Sa voix s'était soudain chargée d'inquiétude. Je me souvins du flacon.

– Tiens, Louis a dit de verser cela sur un pansement propre.

Elle m'ôta mon pourpoint, ce qui n'était pas difficile, tranché en deux comme il était, et ouvrit en grand ma chemise. Elle défit avec précaution les linges que Louis et Lavandin avaient noués autour de mon épaule. Elle ne dit rien, mais je l'entendis retenir brusquement sa respiration.

– Qu'est-ce qu'il y a ?

– Ne bouge pas. Tu saignes comme un cochon, ma vieille.

Elle renoua précipitamment le vieux pansement qu'elle serra aussi fort qu'elle put.

– Reste comme ça. Tiens-le avec ton autre main. Je vais chercher de l'aide.

Et elle disparut, ouvrant et refermant notre porte presque sans aucun bruit. Je demeurai seule, étendue sur mon lit, appuyant docilement ma main droite sur mon pansement. Enfin, pas vraiment seule car Ti-Tancrède sauta sur le lit et vint, l'air interrogateur, me renifler et m'inspecter de près. Cher Ti-Tancrède !… Tu as compris que quelque chose ne va pas fort, n'est-ce pas ?…

Je le caressai de la main droite. Il ne servait à rien que je m'obstine à tenir ce pansement, Gaétane m'avait serrée dedans aussi fort qu'un saucisson… Ti-Tancrède se coucha contre moi, mais ne s'abandonna pas. Il garda la tête dressée et les yeux attentifs. Tu veilles sur moi, c'est ça ?… Tu es le meilleur des amis !…

En fait, je ne me sentais pas très mal. Si je ne bougeais pas, ma blessure ne me faisait pas souffrir. Je goûtais intensément le confort d'être allongée et de demeurer immobile… Gaétane avait dit qu'elle allait chercher du secours, mais quel secours ? auprès de qui ?

Le flacon d'argent et de cuir du Dauphin était resté à côté de moi, dans les plis du drap. « Buvez-en deux ou trois gorgées pour étrangler la douleur avant le pansement, avait dit Lavandin, c'est de la très forte, ça va faire mal… » Autant m'en occuper tout de suite, un peu à l'avance. Je pâtirais moins quand Gaétane arroserait ma blessure avec cette chose… Je ne pouvais m'empêcher de penser « aux cris des mourants qu'on ampute » dont Philippe avait parlé.

Je débouchai le flacon avec les dents et j'avalai consciencieusement trois gorgées. Ti-Tancrède me regardait faire avec attention, et même approbation, me sembla-t-il.

Un trait de feu me parcourut de haut en bas, le cœur me cogna et la sueur me coula sur le front. Cornebleu et flammes de l'enfer, qu'elle était forte !… Lavandin avait dit vrai… Mais, assez vite, quelques instants plus tard, je commençai à me sentir mieux. La douleur s'estompait comme dans un brouillard... Et aussi l'image que je ne parvenais pas à chasser de mon esprit : celle de *Oui-Papa* en train de mourir quelque part dans un fossé, entre ici et le village de Saint-Cloud.

Peut-être, après tout, n'avais-je percé que le gras de son ventre, alors la blessure ne serait sans doute pas grave... Mais, en y réfléchissant, Montausier fils n'était pas gras. Il était solide mais plutôt maigre.

Quelqu'un gratta à notre volet. Pourtant il m'avait bien semblé que Gaétane était partie par la porte... Alors c'était Chalamar ? En avance ? Louis avait dit « au lever du jour »...

Comme je ne répondais rien, celui qui était là entra sans bruit en enjambant la fenêtre. Je le regardai intensément sans parvenir à le reconnaître, il était noyé dans une espèce de flou, comme si j'avais eu un vif soleil en face... Pourtant il n'y avait dans cette pièce qu'une pauvre bougie posée par terre, et placée derrière moi en plus... Mais il s'arrêta en me regardant fixement et je me rendis à l'évidence : c'était Montausier le fils, *Oui-Papa* en personne.

Il était venu pour me rassurer, peut-être même s'excuser et prendre de mes nouvelles... C'était plutôt un beau geste de sa part.

Mais il ne disait rien, n'expliquait rien, et à mesure qu'il s'approchait de mon lit, il devenait évident que cette rencontre n'était pas normale. *Oui-Papa* était pâle comme il n'est pas possible de l'être, comme un drap de lit, c'était... oui, c'était effrayant !... Il me regardait, mais ses yeux semblaient voir autre chose que moi, ils avaient l'air de contempler un abîme... Et sous son pourpoint, au-dessus de sa ceinture, là où je l'avais frappé, ses vête-ments étaient trempés de sang... *Oui-Papa* était mort... Et c'était mort qu'il me rendait visite.

Il s'assit au bord de mon lit. Je ne dis mot. Qu'aurais-je pu dire ?... J'aurais voulu que Ti-Tancrède s'en aille. J'aurais aimé le savoir en sécurité sous son fauteuil ou, mieux, sous le lit. Mais mon lapin ne bougeait pas. Les oreilles dressées, il regardait intensément notre visiteur. Je ne savais pas s'il voulait me protéger ou s'il considérait que cette rencontre le concernait.

Enfin, Montausier fils poussa un long soupir. Je fris-sonnai. Avait-il poussé ce même soupir quand je l'avais tué ?

– J'ai eu une vie nulle, dit-il, tout entière sous la coupe de mon père, qui n'aura abouti qu'à me faire détester du Dauphin, mon futur roi... Je n'aurai rien accompli, hormis observer et dénoncer. Et je meurs pour rien, tué dans le parc de Saint-Cloud par une jeune fille de douze ans plus intrépide que moi.

J'allais faire observer qu'il avait tiré son épée le pre-mier, mais je me souvins que ce n'était pas vrai, j'avais déjà mon épée dehors... J'aurais aussi pu objecter qu'il se promenait la nuit dans la propriété de *Monsieur*, et qu'il n'avait pas répondu à mon avertissement, à moi, employée

de *Mademoiselle*, et donc par extension de *Monsieur*...
Mais, encore une fois, cet argument ne tenait pas. Je me
trouvais dans cette forêt parce que j'appartenais à l'armée
secrète du Dauphin, pas comme garde forestier de
Monsieur...

Il s'approcha encore. Ma peur était tout entière pour
Ti-Tancrède. Est-ce que cela se venge, les morts ? Est-ce
qu'il voulait écraser Ti-Tancrède entre le mur et moi ?
J'essayai de chasser mon lapin en le repoussant de la
main. Va-t'en, Ti-Tancrède, va-t'en !... Mais va-t'en !...

Je ne parvins en m'agitant qu'à me créer une violente
douleur dans mon épaule blessée. J'ouvris les yeux.

La chambre était toujours éclairée par une bougie
posée sur le sol mais, derrière le volet entrouvert, la
lumière devenait grise. Le jour se levait. *Oui-Papa* n'était
plus là. Ti-Tancrède n'était pas entre le mur et moi, mais
couché à mes pieds, la tête toujours dressée et le regard
attentif.

– Tu n'as donc pas cessé de veiller sur moi ? murmurai-je.

Surprise : on avait tiré un fauteuil à mon chevet, et un
jeune homme en habit noir y était installé. Il dormait, la
tête appuyée au dossier. Je constatai qu'il tenait mon poignet serré dans sa main : est-ce que j'étais sa prison-
nière ?... Mais, soudain, je compris : comme Louis dans
le bois pendant la nuit, il surveillait mon pouls, et le
sommeil l'avait surpris dans cette position. En fait, il ne

dormait pas, il sommeillait seulement car, me sentant bouger, il ouvrit les yeux.

– Comment vous sentez-vous ? demanda-t-il.

– Je ne sais pas, répondis-je.

Et, vraiment, je ne savais pas. Qui était-il ? La nuit avait passé, qu'était-il arrivé exactement pendant ces dernières heures ?...

– Je suis l'abbé Dubois, le précepteur de Monseigneur de Chartres, dit le jeune homme comme s'il avait deviné ma question. Votre amie est venue nous chercher cette nuit. Elle nous a appris qu'un incident vous était survenu dans le parc... J'ai soigné votre épaule, j'ai recousu la plaie ; dans quelques jours, j'ôterai les fils et tout sera dit.

– Je ne me souviens pas de cela...

– Ce que vous avez bu avant notre arrivée doit en être la cause, observa-t-il en montrant la gourde que Louis m'avait donnée. Remarquez, c'était plutôt une bonne idée car j'ai pu vous soigner de manière très détendue.

– Vous êtes médecin ?

– Non, mais mon père l'était. Je l'ai vu pratiquer durant toute mon enfance, et je l'ai parfois assisté. Et quand j'étais élève à la faculté de théologie, j'ai passé beaucoup de mon temps libre à aller écouter les cours du collège de médecine. Enfin, Monseigneur et moi revenons de la guerre, là-bas, j'ai eu l'occasion d'exercer mes talents d'aide chirurgien.

– Vous avez amputé des gens ?

– Tout de même pas.

– Ma blessure est-elle grave ?

– Non. Le coup d'épée que vous avez reçu aurait pu vous percer le sommet du poumon mais, par chance, la lame a heurté la clavicule et s'est trouvée déviée vers le haut. Elle n'a déchiré que des muscles. Cela saigne un peu, disons même avec abondance, ce qui a effrayé votre compagne, et cela fait assez mal les premiers jours, mais cela se répare vite.

J'aimais bien cet abbé et la façon flegmatique dont il prenait les choses. Il ne semblait même pas s'étonner qu'une jeune fille d'honneur échange des coups d'épée la nuit dans les sous-bois. Il ne m'avait posé aucune question… Je me penchai pour apercevoir Gaétane. Elle dormait, roulée en boule dans le haut de son lit. Elle avait laissé la moitié du bas à Philippe qui dormait lui aussi, enroulé à ses pieds. Deux hommes avaient passé la nuit dans notre chambre, quelle chance que Soulencourt fût absente !

– J'ai eu beaucoup de mal à les convaincre d'aller prendre du repos, dit à mi-voix l'abbé Dubois qui avait suivi mon regard, mais à présent qu'ils dorment, on peut dire qu'ils dorment bien… Au début de la nuit, vous aviez de la fièvre, vous étiez agitée, ils s'inquiétaient beaucoup l'un et l'autre.

Je ne lui expliquai pas que pendant ces moments j'avais un mort démoralisé assis sur le bord de mon lit. Lui aussi s'inquiéterait, mais pour ma santé mentale.

– À propos, on dirait que cela va mieux, remarqua-t-il. Vous permettez ?

Il passa le dos de sa main sur mon front et mes tempes.

– Oui, cela va mieux, confirma-t-il. Votre chemise est trempée… Vous avez transpiré avec abondance, une crise s'est produite, c'est bon signe… Avez-vous soif ?

– Oui…

– Tenez, buvez.

Je bus coup sur coup deux verres d'eau. Les choses me parurent soudain moins embrouillées et brumeuses. Ma blessure me faisait mal, mais c'était logique et raisonnable de la part d'une blessure. Il faisait grand jour derrière la fenêtre maintenant.

– Le vicomte de Chalamar est-il passé ?

– Il y a un moment déjà. Vous dormiez tous. Je lui ai dit que tout allait bien.

Je m'adossai plus à fond à mon oreiller.

– Merci pour tout, monsieur l'abbé.

Il m'adressa un sourire amical :

– Ce n'était rien. Il semblerait qu'on s'ennuie beaucoup moins cette année à Saint-Cloud que d'ordinaire… Puis-je me permettre encore quelques conseils ?

– Je vous en serai reconnaissante, monsieur l'abbé.

– Essayez de garder le lit pendant les trois ou quatre jours qui viennent. Prétendez que vous êtes malade, un quelconque mal de ventre fera l'affaire… Les plaies guérissent mieux si on les laisse en paix.

14

L'eau

DE MÉLISSE

Dans la matinée, Gaétane avertit *Mademoiselle* du léger malaise qui me retenait au lit. Ma princesse s'inquiéta immédiatement :

— A-t-elle besoin qu'on fasse venir un médecin ?

— Il vaudrait mieux l'éviter, Votre Altesse, murmura Gaétane — Elle avait attendu qu'elles soient seules —, un médecin se rendrait compte que ce mal à l'estomac ressemble fort à un coup d'épée dans l'épaule. L'abbé Dubois, le précepteur de Monseigneur de Chartres, a soigné Eulalie. Il dit que la blessure n'est pas dangereuse mais il ordonne le repos au lit pour quelques jours.

– Fort bien, qu'elle se repose autant qu'elle en a besoin, la pauvre petite… répondit Marie-Louise d'une voix soudain haute et claire car la maréchale de Clérambault venait d'entrer dans la pièce. Dites-lui que j'irai lui rendre visite après la messe.

Marie-Louise vint à ma chambre à la fin de la matinée, accompagnée par Mlles de La Lande et de Villers-Vermont. Gaétane m'avait aidée à enfiler ma chemise de nuit la plus couvrante et la plus amidonnée afin de cacher mon pansement, et avait fait disparaître les armes, vêtements déchirés, pansements salis, gourdes de gnôle et draps tachés de sang, témoins des turbulences de la nuit. Ti-Tancrède semblait régner au milieu d'un océan d'ordre et de ménage bien fait.

– Ma pauvre Eulalie, dit *Mademoiselle*, vous voilà souffrante ?

– Ce n'est qu'une indisposition de l'estomac, Votre Altesse, cela sera passé dans quelques jours. Je remercie Votre Altesse d'être venue prendre de mes nouvelles.

– Avez-vous de l'eau de mélisse ? C'est un très bon remède, j'en prends moi-même quand j'ai des incommodités.

La Lande et Villers-Vermont abondèrent en commentaires sur les vertus de l'eau de mélisse et les bienfaits qu'en avaient tirés toutes leurs connaissances.

– Mesdemoiselles, dit soudain Marie-Louise, savez-vous ? Il y en a un flacon sur ma toilette, à droite. Voulez-vous aller le chercher pour Eulalie ?

Ayant mis mes compagnes dehors, elle approcha sa chaise de mon lit et baissa la voix.

– Merci pour tout, Eulalie, murmura-t-elle. Souffrez-vous beaucoup ?

– Non, Votre Altesse. Monsieur l'abbé Dubois m'a très bien soignée.

– Qu'est-ce qui ne va pas, alors ? Vous êtes pâle et je vous sens profondément triste.

Sous son regard si sensible et compréhensif, j'osai enfin le dire :

– J'ai tué l'homme qui m'a attaquée, Votre Altesse. Je ne cesse d'y penser.

– Êtes-vous sûre qu'il soit mort ?

– Oui, Votre Altesse.

Je ne racontai pas la visite nocturne de *Oui-Papa*, blême et sanglant, mais j'ajoutai :

– Monseigneur le Dauphin et le vicomte de Chalamar ont dit qu'il y avait peu de chance de survivre à la blessure que je lui ai faite.

– *Peu* de chance, Eulalie... Cela n'a jamais voulu dire *aucune* chance. Je vais me renseigner. Faites-moi confiance et promettez-moi de cesser de vous faire du mauvais sang en attendant.

Elle me prit la main et la retint avec fermeté. Elle attendait un engagement clair et déterminé.

– Je vais essayer, promis-je.

La Lande et Villers-Vermont revenaient avec le flacon.

– Remettez-vous vite, continua Marie-Louise de sa voix ordinaire, car mon père et ses amis vont revenir des Flandres dans quelques jours. Il y aura des fêtes de toutes sortes pour célébrer leur victoire, il serait dommage que vous manquiez cela.

Elle déposa le flacon sur ma table de chevet.

– Prenez-en quelques gouttes dans de l'eau, vous devriez vous en trouver mieux… Elle se pencha et chuchota à mon oreille : Prenez-la, cela atténue l'angoisse, j'ai essayé.

La maréchale de Clérambault, ma supérieure hiérarchique directe, me rendit elle aussi visite. Mais la maréchale craignait abominablement les maladies. Pour elle, un rhume pouvait être une peste en train de débuter, et une douleur d'estomac un choléra imminent. Elle n'alla pas plus loin que le seuil de la porte, tenant devant son nez un mouchoir empli d'aromates destinés à éliminer les germes mortifères.

Elle confirma l'autorisation de rester au lit aussi longtemps qu'il le faudrait, me recommanda de lui demander de l'aide si j'en avais besoin et me souhaita de vite me rétablir. Visite rapide et efficace.

Pendant la soirée, l'abbé Dubois vint inspecter ma plaie et refaire mon pansement. Il trouva sa suture fort belle. Elle lui faisait honneur, déclara-t-il.

– Est-ce que cela fait mal ?

– Cela tire un peu, monsieur l'abbé.

– C'est fort bon signe, mon petit ; c'est la viande qui se réveille, comme disent les chirurgiens. Avez-vous faim ?

– Oui.

– C'est encore un bon signe. Mangez ce que vous voulez.

– Comme j'ai parlé à tout le monde de mal à l'estomac, je fais un peu semblant d'être à la diète, mais Gaétane me ravitaille en secret.

L'abbé était arrivé par la porte et s'apprêtait à repartir de même. Je m'étonnai :

– Vous passez par le couloir, monsieur l'abbé ?

– Il n'y a aucun danger à cela ce soir. Il y a jeu chez *Madame* pour célébrer le retour prochain de *Monsieur*. Tout le monde y est. Et particulièrement vos voisines, les jumelles au regard inquisiteur. Nous pourrions jouer de la trompe de chasse dans ce couloir sans que personne ne s'en soucie.

C'est un peu avant l'aube que nous avons eu Gaétane et moi une quatrième visite. Par la fenêtre, celle-là. Un petit caillou vint heurter le volet, c'était un signal que je connaissais bien, je m'éveillai aussitôt.

– Peut-on entrer ? demanda, bas, la voix de Chalamar.

– Bien sûr, murmurai-je.

Une silhouette sauta dans la chambre, suivie d'une autre, puis d'une troisième. Dans la pénombre du petit jour, je reconnus le Dauphin, Chalamar et le duc de

Chartres. Deux princes du sang dans notre chambre...
Louis s'assit tout naturellement sur le bord de mon lit. Il
me sembla que c'était au même endroit que l'ombre de
Oui-Papa mais je gardai cette pensée pour moi.

— Eh bien, Eulalie, demanda Louis avec son bon sourire, comment vous trouvez-vous ?

— Bien, Monseigneur, merci d'être venu. Monsieur
l'abbé Dubois dit que ma blessure a bonne allure et sera
guérie dans quelques jours.

— Alors, vous pouvez lui faire confiance, commenta
Philippe qui s'était installé sans aucunes manières, à
moitié affalé, sur le bout du lit de Gaétane comme si cet
endroit lui était désormais réservé.

— On me dit que vous vous tourmentez à propos de la
racaille qui vous a donné ce coup d'épée ?

Ce *on* me fit plaisir... *Ils* avaient donc réussi à se parler
ou s'écrire aujourd'hui.

— Moi aussi, je lui en ai donné un, Monseigneur.

— Alors, sur ce point, nous vous apportons plusieurs
nouvelles. D'abord, nous n'avons retrouvé aucun blessé
ni cadavre entre ici et Saint-Cloud. Nous y étions à la
chasse aujourd'hui. Nous avons entièrement ratissé cette
partie des bois. S'il y avait eu quelque chose, les chiens
l'auraient trouvé. Ensuite, on a cité la nuit dernière un
peu vite le nom de M. de Montausier fils. Or, il apparaît
aujourd'hui qu'il se porte à merveille et ne souffre
d'aucune blessure.

– Il est même en grande forme, ajouta Chalamar. Il nous a cassé les pieds toute la journée à la chasse, nous collant comme un pot de glu.

J'ouvris des yeux ronds :

– Vraiment ?

– Vraiment, dit le Dauphin. Il a passé la nuit dans son lit, renseignement obtenu de son valet de chambre ; et confirmé plusieurs fois auprès d'autres domestiques.

– Mais alors, demandai-je, qui ?…

– J'y viens. En revanche M. de Vesly a subitement disparu cette nuit. Il a fait prévenir son oncle qu'il était atteint d'une fièvre maligne et qu'il se faisait transporter chez lui pour se soigner.

– Mais peut-être est-ce vrai… observai-je.

Je n'aurais pas attendu cette expédition, ni cette violence, de M. de Vesly… Sans que je sache pourquoi, il m'inspirait plutôt confiance.

– Comme vous le dites : peut-être… Alors, nous allons vérifier. D'Us est déjà parti pour cela. Il se trouve que la maison de ses parents n'est pas très éloignée de Vesly. Je lui ai donné quelques journées de congé pour aller voir sa famille. Dans deux ou trois jours, d'Us se présentera à Vesly, courtoisement, pour prendre des nouvelles, en bon voisin… Il interrogera aussi avec un peu de discrétion les domestiques et les médecins du cru. Et s'il se révèle que la fièvre maligne de M. de Vesly est due à trois pouces de fer dans le ventre, nous serons fixés.

– Et… que ferez-vous alors, Monseigneur ?

– Déjà, nous verrons s'il en guérit.

– S'il a réussi à atteindre sa demeure de Vesly, à vingt lieues de Paris, intervint Chalamar, il a de bonnes chances de s'en sortir.

Louis réfléchit un instant.

– Ce qu'il a fait est injustifiable, dit-il enfin. M'espionner passe… Mais il est une règle ancienne et formelle dans les lois du combat : on ne tue pas les pages. Il ne pouvait pas ne pas voir qu'Eulalie était moitié moins grande que lui. Et il a entendu sa voix quand elle lui a ordonné de s'arrêter. Mais il a pris le risque de la tuer.

– Il a même fait tout ce qu'il a pu pour cela, compléta Chalamar.

– En effet… Et cela dans le but minable de couvrir sa fuite, pour n'être pas reconnu et garder sa place à la Cour. Manque de chance pour lui, elle était la meilleure en combat nocturne… S'il est confirmé demain ou après-demain que c'est bien un coup d'épée dans le ventre qui le retient au lit, jamais il ne remettra les pieds dans ma maison.

– Comment vas-tu faire avec l'oncle Montausier ? demanda Philippe, cela va faire un scandale à soulever le toit de Versailles si tu chasses son neveu.

– On va lui laisser le temps de se remettre et, dans quelques mois, je demanderai pour lui un grade sur un navire, quelque chose d'assez honorable pour empêcher Montausier de crier comme si on l'écorchait… Monsieur de Colbert arme en ce moment d'excellents navires cartographes. On enverra cette charogne se rendre utile à son pays à mille lieues des côtes de France. Et d'Us est chargé de lui dire de ne jamais s'approcher de Paris d'ici là. Enfin, il peut remercier sa bonne fortune car s'il était tombé sur Chalamar et non sur Eulalie, il serait sans doute mort à l'heure qu'il est.

15

Les pêches
HÂTIVES

Trois jours plus tard, Louis vint rendre visite à *Madame* pour la féliciter de la victoire de son époux à Cassel. *Madame* était ravie, et du succès de *Monsieur*, et du retour de son fils, et de la présence du Dauphin. Elle proposa une promenade dans le bas du parc. Contre les murs du verger exposés au sud, on faisait pousser des arbres fruitiers sur des espaliers. Certaines pêches hâtives étaient déjà mûres. *Madame* suggéra comme partie de plaisir d'aller les déguster directement sur place, encore chaudes de soleil.

Je m'étais déclarée guérie depuis la veille au soir. Je m'ennuyais dans ce lit et, après tout, tant que je ne faisais pas de gestes brusques avec le bras gauche, j'étais bien mieux debout. L'idée des pêches me sembla excellente. *Madame* savait ce qui était bon.

Le duc de Montausier et son fils accompagnaient Louis. Je fus sincèrement heureuse de revoir *Oui-Papa*, bien vivant, ayant retrouvé son teint coloré d'origine et n'ayant jamais essayé de me tuer. Je l'accueillis avec un joyeux sourire, comme une vieille connaissance. Est-ce que, pendant le temps d'une nuit, nous n'avions pas été intimes au point qu'il me révèle ses douleurs les plus secrètes et les plus profondes ?

Il en fut étonné et agréablement surpris. Comme il était d'ordinaire plutôt maussade avec tout le monde, il avait l'habitude d'être traité de même. Il se demanda pendant quelques instants où et quand nous avions bien pu faire connaissance... Il ne parvint à se souvenir de rien mais par politesse, et aussi par véritable plaisir d'être reçu d'une manière aussi amicale, il ôta son chapeau et m'adressa en retour le plus déférent et le plus respectueux des saluts. Un salut digne d'une reine mère. On avait rarement dû s'incliner ainsi devant une fille d'honneur débutante.

Chacun, penché en avant pour ne pas se tacher de jus, dégustait les fameuses pêches hâtives de *Madame* et elles étaient réellement délicieuses. Elle avait fait venir les arbrisseaux d'Italie, ils avaient pris à merveille, c'était un succès. Le duc de Montausier s'empiffrait et ne tarissait pas de compliments ni d'épithètes, cherchant à décrire avec exactitude la saveur de ces pêches : un léger parfum de framboise, un arôme de cannelle, une exhalaison d'anis, une douceur de sucre roux des Isles...

Louis et Marie-Louise s'étaient écartés d'une quinzaine de pas, paraissant trouver le plus grand intérêt à observer les abricotiers et examiner les jeunes abricots qui, eux, n'étaient pas encore tout à fait mûrs.

– Votre père va rentrer, Marie-Louise, dit Louis à mi-voix. J'en suis heureux pour vous, mais nous ne pourrons plus nous rencontrer la nuit comme nous l'avons fait.

– Certes, non. Saint-Cloud va devenir une sorte de fourmilière géante. Et les amis de mon père ne sont pas de la sorte à se coucher à dix heures du soir et à avoir leurs lumières éteintes à onze heures. Pour eux, la journée commence plutôt à s'animer à cette heure-là. Nous savions bien que les circonstances étaient exceptionnelles et ne dureraient que peu de temps. Et malgré cela et toutes les précautions prises, un obstiné dangereux a réussi à vous suivre jusqu'au milieu de la forêt.

– Savez-vous ? Il me semble que j'éprouverais des difficultés à rencontrer et embrasser la fille du vainqueur de Cassel, à son insu, presque sous ses fenêtres.

– Quel hypocrite ! Cela ne vous gênait pas beaucoup, il me semble, en son absence.

Louis sourit :

– Oui, c'est bien de l'hypocrisie, mais je ressens réellement ce sentiment.

– Un seul de nos rendez-vous aurait suffi, Louis. Il m'a permis de faire le serment de ne jamais épouser que vous. Et de recevoir le même de vous. Alors, que peut-il nous arriver maintenant ? Je suis désormais prête à attendre dans le plus grand calme le temps qu'il faudra.

– Je vous renouvelle ce serment, Marie-Louise, dit Louis.

Comme s'il donnait un avis sur le fruit que Marie-Louise caressait, le Dauphin posa ses doigts sur les siens. Ils demeurèrent ainsi quelques courts instants, qui eurent pour eux la valeur d'une minute entière.

– Eh bien, que faites-vous ici, gourmands incompétents que vous êtes ? s'exclama le duc de Montausier qui s'approchait à grands pas, deux ou trois pêches dans chaque main. Ne voyez-vous pas que ces fruits n'ont pas assez mûri ? C'est encore trop tôt… !

– C'est exactement ce que *Mademoiselle* et moi étions en train d'observer, monsieur le duc, répondit Louis. Il est encore trop tôt.

Quelqu'un posa la main sur mon épaule, j'eus un geste de recul mais je réalisai après coup qu'il s'agissait de mon épaule droite, laquelle n'avait rien à craindre. J'en fus aussi un peu étonnée, à la Cour je n'avais plus l'habitude de ces gestes spontanés. Je me retournai, c'était Philippe.

– L'abbé vous a donc permis de vous lever ?

Ses yeux pétillaient, il était content de me voir là.

– Non, répondis-je. J'ai dû oublier de lui demander.

Il m'entraîna vers les espaliers chargés de fruits. Je jetai un rapide regard vers la maréchale : elle causait avec *Madame* et le duc de Montausier, elle ne s'occupait en rien de nous, ni même de Marie-Louise. Je n'étais même pas sûre qu'elle eût remarqué mon retour. Seigneur, quelle délicieuse anarchie régnait ici en l'absence de Soulencourt !...

– Savez-vous, dit Philippe, je pensais à cette canaille de Vesly...

D'us était rentré la veille de sa campagne avec un rapport des plus précis : c'était bien une plaie à l'arme blanche, profonde de deux pouces et demi, située entre la hanche et l'ombilic qui retenait M. de Vesly dans son lit, blessure survenue précisément pendant la nuit du mercredi au jeudi précédent.

Philippe poursuivit :

– Je me disais qu'il a finalement bien de la chance... S'il survit, bien sûr !... Je crois que j'aimerais embarquer sur un navire cartographe et aller découvrir ce qu'il y a au-delà de l'horizon.

Je rêvai un instant :

– Moi aussi..., dis-je, j'aimerais voir les Amériques.

– Et encore au-delà des Amériques, Eulalie !... Il y a là-bas des océans plus vastes que la mer Atlantique et des îles aux paysages étranges.

– Alors quand partons-nous ?

– Quand Louis sera marié et qu'il aura un fils ou deux. Comme roi il aura besoin d'un Francis Drake [1]... Je serai débarrassé de la responsabilité d'être l'héritier du trône et je pourrai remplir cette fonction.

– Et moi, quel sera mon rôle à bord ?

– Je pense à vous comme présidente de la société secrète que nous créerons alors. Vous vous sortez très bien de ces sortes de situations.

Je lui tendis la main :

– C'est entendu, dis-je.

Il me tendit la sienne :

– Ce qui est dit est dit, conclut-il.

---

1. Sir Francis Drake, 1542-1596, marin et corsaire anglais. Il accomplit de nombreux voyages d'exploration dont un tour du monde, au service de reine Elizabeth 1ère d'Angleterre.

Retrouve bientôt
ton héroïne préférée dans

Les folles Aventures
D'EULALIE DE POTIMARON

L'auteur

Anne-Sophie Silvestre aime le souvenir du château de Saint-Cloud, le chant du coucou gris et les forêts ; elle aime toujours autant les lapins, les guitares et les folles aventures en général.

Tout cela réuni a donné *Les folles Aventures de Gabrielle-Évangéline-Eulalie de Potimaron à la cour du Roi-Soleil, tome 2, le Serment.*

L'ILLUSTRATRICE

Native de banlieue parisienne, Amélie a migré en Alsace pour rejoindre l'école des Arts décoratifs de Strasbourg.

Elle y vit toujours au milieu des cigognes et travaille en tant qu'illustratrice pour la presse et l'édition jeunesse.

Table

DES MATIÈRES

Résumé du tome précédent : 7

Les personnages. 9

1. Le Roi Louis XIV n'aimait pas qu'on le quitte ! 11
2. Coucou ! 20
3. Qui ?. 30
4. « La Reine des cuisines » 40
5. Calamiteux cotillon 48
6. Les héros de Monsieur Corneille 58
7. L'appel de la chouette. 67
8. L'Histoire comique des États et Empires de la Lune 77
9. Léonidas. 93
10. Une société contre l'imbécillité 112
11. La lune à sa moitié 127
12. Le sort de l'humanité 133
13. L'ami Ti-Tancrède 143
14. L'eau de mélisse. 153
15. Les pêches hâtives. 163

L'auteur 173

L'illustratrice 174

Mise en page par Meta-systems
59100 Roubaix